JN067598

マドンナメイト文庫

青春R18きっぷ みちのく女体めぐりの旅

津村しおり

目次
contents

青春R18きっぷ　みちのく女体めぐりの旅

第一章　うれし恥ずかし初体験

1

山本《やまもと》丈治《じょうじ》は車窓に頭を打ちつけて目が覚めた。

眠りこけている間に、体がビクッと動いたらしい。

講義中に居眠りをしたときのようなきまりの悪さを覚えながら、丈治は周囲を見まわした。隣に座る男性は口を軽く開いて、いびきをかいている。通路を挟んで隣の乗客も気にしている様子はない。

丈治は胸をなでおろした。

（ここんところ、ずっと寝不足だったからな）

喉が渇いたので、バックパックからペットボトルを取り出し、水を飲む。

二年生のうちに単位を取れるだけ取ろうとした結果、四月からは授業とアルバイトに、そして学期末はレポートとテストに追われていた。

体力に自信がある丈治でも、ちょっとハードな毎日だったと思う。

(阿久津《あくつ》の言うとおり、グリーン車にしてよかった)

青春18きっぷを使った帰省を大学の友人、阿久津に話したところ、彼からグリーン車を使えるところでは使え、と強くすすめられた。

阿久津は鉄道オタクで「乗り鉄」と呼ばれる部類に入る。

丈治は阿久津に言わせると「非鉄」、鉄道趣味のない人間だ。当然、知識、経験量は阿久津から見ると足りない。この旅の計画を話したところ、彼が助言をくれた。

丈治は阿久津からグリーン車、と聞いてひるんだが、聞いてみると自由席のグリーン車は千円もしない。

「たかが千円、されど千円だ。尻と腰への負担を軽くするのは乗り鉄の鉄則だ」

阿久津に強く言われ、丈治は湘南新宿《しょうなんしんじゅく》ラインの快速のグリーン車に乗りこんだ。

新宿を出た列車は順調に進み、古河《こが》を越えた。

今日の目的地は会津若松《あいづわかまつ》である。まだまだ先は長い。

丈治はスマートフォンを取り出し、阿久津にLINEを送った。

――グリーン車、快適。助かった。

すぐに親指を立てたスタンプで返信がきた。

――青春18きっぷでの旅は楽できるところで楽をしないと。

阿久津は青春18きっぷで西日本周遊の旅をしたとき、無茶なスケジュールがたたり、若い身空で痔主《じぬし》になった。ゆえに、言葉の重みが違う。

――アドバイスと、お守りのお礼に、今度シャイニーのアップルジュースを送るよ。

阿久津がくれたお守りとは「幸福《こうふく》切符」のことだ。

北海道のとある駅の名前が幸福で、廃線になったいまも切符だけはお守りとして売られているそうだ。阿久津はここの切符は効験がある、と理工学部の人間とは思えないことを言いながら、旅の安全を祈って、わたしてくれたのだ。

絶妙にダサい気がするが、そこも阿久津らしいといえば阿久津らしいし、なにより自分を思ってそういうアイテムをくれた阿久津は好人物だと思う。

阿久津とのやりとりが終わり、スマホをポケットにしまおうとすると、またメッセージの着信があった。阿久津だろうと思って画面を見た丈治は、動きをとめた。

――ひさしぶり。七日のクラス会、山本も来るんだよね。

津島詩織《つしましおり》からだった。

心拍数があがる。

（一年以上やりとりがなかったのに、どうしていきなり）

丈治の胸の奥が少し苦しくなり、またペットボトルの水を飲んだ。

八月七日、ねぶた祭《まつり》最終日に青森市でクラス会がある。去年は出席しなかったが、今年出席することにしたのは「津島も来る」と幹事の戸崎《とざき》から聞いたからだ。

詩織と会うと心に決めていたのに、いざ相手から連絡がくると動揺してしまう。

――そのつもり。津島も出るんだろ。

返事はすぐにきた。

――うん。

親指が少し画面上をさまよう。ようやく動いた親指が出したメッセージは、

――七日に会えるのを、楽しみにしてる。

という、そっけないものだった。

画面上に既読の文字が表示される。

丈治がしばらく待っても詩織からの返事はこなかった。

（どうしていきなり連絡くれたんだろ）

あの夜以来、ふたりの歯車はきしみをあげてから、とまったままだ。

(三年間、あんなにいっしょだったのに、俺が馬鹿なマネをしたから)

車輪が軌道のつなぎ目を通る音が、鼓動のように聞こえる。

心臓の音にも似たその音と、振動に身をゆだねながら、丈治は目を閉じた。

そして、このうえなく美しく——そして、苦い一夜を思い出していた。

2

あこがれは、あこがれとして胸にしまっておくのが一番いいのかもしれない。

あの夜を思い出すたび、丈治はそう思う。

津島詩織の白い肌、長いまつ毛、整った横顔を見つめるだけでよかったはずなのだ。

ふたりは陸上部で三年間、同じ種目をしていた。ハイジャンプ——走り高跳びだ。

練習ではいつも詩織が先に跳んでいた。だから、動作のひとつひとつ、表情もすべて丈治は見つめていた。

彼女は跳躍前、顎までの髪を耳にかけ、呼吸を整える。

周囲の音を吸いこむほどの集中。つかの間、フィールドが静寂に包まれる。

そして、走り高跳びのポールを決然としたまなざしで見つめ、小さく息を吐く。さくらんぼ色の唇がすぼまるとともに、足が大きく前に出る。

詩織の助走から跳躍へかけての動作には無駄がなく、美しかった。

丈治は詩織を常に見つめていたが――ふたりの間に会話はほとんどなかった。口数の少ない詩織の集中を邪魔しないように会話は最低限で、その内容もメニューの確認、フォームのチェック、それくらいのものだ。

詩織は練習熱心で、監督のメニューをこなしたあとも、暗くなるまでフォームの改善をしていた。それに引きずられるように、丈治も練習に励んだ。

中学生までは賞にかすりもしなかった丈治が、高校では入賞し、賞状をもらえるまで記録を伸ばしたのは詩織のおかげだ。

(でも、津島にはいつまでもかなわなかった)

大会では、詩織のしなやかな体が空中で美しい半弧を描いた。

頭の先から、背すじ、太もも、ふくらはぎ、つま先までの動きは完璧にコントロールされていた。空を跳ぶというより、泳いでいるようだった。

学校のユニフォームが海を思わせる深い青だったのもあって、丈治には人魚が宙に舞うように見えた。

詩織が華麗に跳躍する一方、丈治の記録はいまひとつだった。

緊張のために体が硬くなり、練習ではクリアできた高さでも大会では失敗し、表彰台にあがることはなかった。

「本番で実力を出せたら、山本はもっと高く跳べるのに」

そう詩織に言われたことがある。

そんなふうに評価してくれているのが意外であり、うれしくもあった。

肝腎なところでいつもヘマをしてしまうのが丈治の悪い癖だ。それを最後の試合まで克服できないまま引退してしまった。

(見てるだけでよかったはずなのに。なのに、俺は……あああ！)

一学期の間、忙しすぎて髪の毛を切りに行けず、伸び放題の頭をかいた。

過去の恥ずかしい失敗とその記憶がよみがえり、いてもたってもいられなくなる。

(忘れたい……でも、忘れられない。あのときの津島は、本当にきれいで……)

薄明りのなか、バスタオルをゆっくり開いた詩織の裸身が脳裏をよぎる。

丈治の初体験の相手は、なんと津島詩織だったのだ。

勢いとはおそろしいものだ。

卒業式が終わってまもなく、お別れ会をかねたカラオケパーティをクラスメイトとした。年齢をごまかして、夜遅くまで歌って飲んで騒いだ。

それが終わり、帰り道が同じ方向の者たちと歩いて帰った。それぞれの家が近づくたび、ひとり減り、ふたり減り、最後には詩織と丈治だけになった。

部活の思い出、大学への期待と不安、ポツポツと言葉少なくふたりは話した。

入学して以来、こんなに話すのは、はじめてのことだ。

心臓の音が耳の奥で重低音を鳴らしていた。同じ種目でいっしょに練習しているからこそ、下手に告白してふたりの関係を壊したくなかった。壊れたらもう、近くで練習を見つめることもかなわなくなる。

どうしても言えない言葉を胸の奥にしまったまま、三叉路に行きついた。

詩織は右へ、丈治は左へ道を行けばそれぞれの家に着く。

分かれ道を進む寸前、詩織は少しためらったように見えた。

そのせいなのか――「じゃあ、また」と言って歩き出した詩織の冷たい手を丈治は思わずつかんでいた。

「つ、津島、いまだから言うよ。好きだ。ずっと好きだった」

かかえていた言葉がほとばしる。

衝動的に告白をした丈治は、すぐに後悔した。

しかし、詩織は小さくうなずいて、丈治の唇にキスをした。

「私も……好きだって言いたかったんだ、山本に。でも、怖くて、言えなくて……」

丈治が不器用なように、詩織も不器用だった。

でも、不器用な告白だからこそ、互いの思いが通じ合った。

冷たい唇をあたためるように押しつけ合うだけのキスが、すぐにもっと深いものに変わる。ふたりは抱き合い、夜の闇の中で互いの唇を求め合った。

ちょうどその日は丈治の両親は不在で、ふたりはもつれ合うようにして家に入った。

（キスだけで終わればよかったのに……勢いであんなことしちゃうなんて）

額に手をあてて、丈治はうつむいた。

（玄関でキスして、廊下で、リビングでキスしたら、とまれなくなったんだ）

丈治は瞼《まぶた》を閉じた。

瞼の裏に浮かぶのは、ベッドの上で裸身をさらけ出した彼女の姿だ。

薄明かりのせいか、肌はほのかに光を放っているように白く輝き、均整のとれた肢体の美しさをきわだたせていた。

「津島に触っても、いい？」

丈治の言葉を受け、詩織がゆっくりうなずいた。

ふたりの顔が近づき、また唇が重なる。

唇の感触に慣れると、丈治は唇を開いて舌を詩織の口内に入れた。

「んんっ……」

詩織の肩が跳ねる。緊張して体は硬くなっていたが、舌は熱く潤み、からめるほどにほどけていく。

「あんん……ふぅんっ……」

吐息とも喘ぎ声ともつかないものを詩織が漏らした。

くちゅ、ちゅっといやらしい音をたてて、ふたりは口づけに溺れていった。

(津島が感じてる……)

クールな詩織がこぼした喘ぎ声に、丈治の切っ先が反応して跳ねた。

夢がかなったことの喜びと、触れてはならない神聖なものを自分が崩していくような感覚が押しよせて、頭の奥がじんじんと熱くなる。

「あっ……んんっ」

小ぶりの乳房に手を這わせたとたん、詩織がか細い声をあげた。

乳先は理想的な厚みと色で、寒さと緊張のためにツンとなっている。

両手を乳房で泳がせ、やわらかな感触を十本の指でじっくりと味わった。

「あっ……あんっ……山本っ」

詩織の腰が躍動する。汗とは違う匂いがふたりの間を包みはじめていた。

丈治は親指を乳頭に置いて、クリクリと上下させた。

軽く往復させるだけで重ねた唇から送られる息は熱くなり、乳先は芯が通っていく。

「津島のここ、コリコリしてる……」

唇を首すじから鎖骨へ、そして乳房を舐めまわしたあとで詩織の乳首をくわえる。

「あんっ……そこ……ダメっ……」

細い肩が薄明りのなかで上下する。

くの字に曲がった足指が、シーツをかいていた。

「あふっ…やんっ……変な声、出ちゃうっ」

「聞かせてよ、津島のもっといやらしい声……」

かすれた声でささやいて、また強く吸う。

「あうっ……気持ち、いいっ……」

もっといじってほしいと言わんばかりに、唾液でヌルヌルの乳首が勃《た》っている。

熱を帯びた詩織の吐息が白く浮かんでは消えた。

手で覆われたままの詩織の足のつけ根からは、男を刺激する香りが漂っていた。

「エッチな津島をもっと見たい。俺に見せて……」

いつも見ていたクールな詩織とは正反対の恥じらいと欲望に身をまかせた姿に、丈治の欲望はつのるばかりだ。

「あそこに触っても……いい？」

詩織は頬を染めて、顔を背けた。

「まだ、ダメ？」

鼻先で乳房をくすぐってから、乳頭を舐めまわす。

「あふっ……あんんっ、だって……」

跳躍するときのように、詩織の体が弓なりになった。

その拍子に、ぴったり合わせられたままだった膝が少し開く。

そこから放たれた香りは、丈治の鼻を通って脳髄に突き刺さった。

「触りたい……津島をもっと……」

「あっ、あんっ、いい、いいよ……山本なら……」

詩織の声に、丈治は頭をあげた。

ぼかしたような瞳がこちらを見つめている。

そして「きて……」と、詩織が白い手をさし出した。

「津島、やさしくするから……」

詩織の膝に手を置くと、力はゆるんでいた。

「いくよ……」

ゆっくりと左右に開いた。太ももの奥から香りがどっと押しよせ、息が苦しくなる。

丈治は誘惑の源《みなもと》へと顔を近づけた。

そこはまだ詩織の左手で覆われていたが――。

(指が光っている?)

カーテンから漏れ入る光を受けて、濡れた細い指がきらめいていた。

丈治が視線をそそぐと、またそこから光る液体があふれている。

「それじゃ触れないから……手をどけてもらえる?」

タオルケットで覆われたままの丈治の分身もこれ以上ないほど興奮し、いきりたっている。痛みを覚えるほど強く勃起したのは生まれてはじめてだ。

(津島にだけ恥ずかしい思いをさせちゃダメだよな)

丈治は自分の性器に引っかかっていた布をはずした。

「俺も、こんなになってるんだ」

先走りで亀頭までヌラヌラ光っている己の分身を見られるのは、丈治にしても恥ずかしかった。でも、詩織にだけ恥ずかしい思いをさせるのは不公平だ。

男の姿を現した分身を見て、詩織がハッと息をのむのがわかった。

「こうなるんだ……男の人って」

その瞳に現れたのは、欲望よりもおびえだった。

丈治は自分の性器を見た。

反り返り、血管まで浮かせた分身は、他人から見ればグロテスクかもしれない。

「うん……怖いかもしれないけど……津島がつらくないようにがんばるから」

「本当は恥ずかしいけど……山本が見せてくれたから、私も……」

詩織は目を閉じた。そして、秘所を覆っていた片手をゆっくりはずす。

薄明りの下、細い毛に覆われた花弁があらわになる。陰毛が濡れて薄い肉丘に貼りつき、縦すじはぴったりとくっついていて一本の細い線になっていた。

「き、きれいだ……」

本当にそう思った。

女性器を見たことがないと言えば嘘になる。いまは動画でなんでも見られる時代だ。

ただナマで、しかも好きな女性の秘められた場所を見た感動は圧倒的だった。

「そんなにじっと見ないで……恥ずかしいから」

「きれいだから、じっと見ちゃうんだ……ああ、なんてきれいなんだろう」

詩織が膝に力を入れる前に、丈治は顔を花弁に近づけていた。

濃厚な蜜の匂いのせいか、喉がひどく渇いていた。目の前には、たっぷり潤んだ秘所がある。こらえきれなくなった丈治は、そこに口づけた。

「あんっ。ダメっ、ダメっ……っくぅっ」

ジュルッと、はしたない音をたてて秘所から蜜をすすった。

女蜜は少し潮の味がした。粘り気は見た目ほどなく、舌触りはサラサラしている。

肉丘全体を舌で舐めまわしているうちに、縦すじがほころんできた。

(あっ……これが津島の愛液……あふれてとまらない)

匂いだけでも男を狂わせる体液を味わううちに、男の本能は昂《たかぶ》っていく。

はやくここに分身をうずめたい、その思いで狂いそうだ。

喉の渇きは、愛液をいくらすすっても満たせそうにない。吸えば吸うほど、渇きはひどくなるばかりだ。

「あんっ、そこ、汚いのっ。お口をつけたら、ダメぇ……あんっ」

詩織が膝を閉じようとしたが、その前に丈治は内ももをかかえていた。

腰を固定して、逃げられないようにしてから欲望のままに女性器に吸いつく。

「くうっ……熱いよ、山本の舌がっ」

詩織は丈治の頭をかかえていた。腰はしどけなく揺れ、女の匂いはむせ返るほどになっている。

丈治は土手肉をすすったあと、今度は女襞の隅々に唇を這わせた。

「あふんっ」

詩織の声が明らかに変わった。

女裂の上にある、クリトリスに丈治の唇が触れたのだ。

「ダメ、ダメになっちゃうっ。奥が熱いのっ」

鼻にかかった泣き声になって、詩織が腰をうねらせた。

「熱いのをどうにかしたいなら……指を挿《い》れてもいい？」

詩織はすぐに返事しない。

怖さが先にたっているのだろう。丈治は答えをうながすために、もう一度女芯を吸った。それも、今度は強く。

「あふっ……い、挿れて。おなかの奥が火事になってるみたいに熱いっ」

懇願を受けて、丈治は中指を一本、女唇の入口にあてがった。

指をそろそろと内奥に挿れる。

「あっ……ああああっ、指が、あんっ」

中はあたたかく、潤んでいた。

唇の中と感触が似ているけれど、少し違った。

口内は指を入れても空洞があるが、女唇は四方から柔肉が押しよせてくるんでくる。

(すごい。指だけでもこんなに締まるんだ……俺のを挿れたらどうなるんだ)

ちらっと自分の分身を見ると、鈴口から糸を引いて先走りが垂れている。

(でも、いきなりはダメだ……まずは、ほぐさないと……)

ふたりとも初体験なのだ。

男性はともかく、女性の初体験は痛いと耳学問ながら知っている。詩織にそんな思いはさせたくない。

丈治は詩織にうずめた中指をゆっくり抜き差しさせた。

そのたびに秘所からは、クチュ、チュといやらしい音がたった。女壺がはじめて入った異物に順応し、潤みを増してきたところで抜き差しのテンポをあげていく。

「んっ、んっ、あんっ……す、すごい……」

腰がバウンドする。

詩織が愛撫の快感をしっかりととらえはじめていた。

指を一本から二本に増やして、さらに抜き差しさせる。

「気持ちいい？」

顔をあげて、詩織を見た。彼女は何度もうなずいた。

目じりがさがり、瞳は水面のように濡れている。カーテンの隙間からの小さな明かりが瞳で反射して、きらめいている。

「私も山本のモノに、触りたい。私だけ気持ちよくなって悪いもの……」

愛液で潤んだ唇で、詩織に口づける。

「むふっ……んんっ……」

詩織はせつなげな吐息を漏らしながら、舌をからめてきた。

丈治はキスと女裂への愛撫に夢中になっている彼女の手を取り、己の分身に触れさせる。熱いものに触れたように、詩織の手が逃げた。

「きゃっ。な、なに、これ……」

「怖いなら、ここでやめる？」

丈治はそう誘いかけた。本当はやめさせたくなんかない。

いますぐにでもこの猛《たけ》る分身を詩織の中にうずめたい。だけど、好きな相手を怖がらせたままつづけるのはいやだった。

「怖いけど……大丈夫だよ」

詩織はけなげにそう言うと、細い指で男根をくるんだ。

まだ怖いのか、指先がかすかに震えている。

細い指の感触はあまりに甘美だった。それも触っているのが、あこがれていた津島詩織なのだ。背すじを鮮烈な快感が駆け抜ける。

「あっ……ああっ、もうっ」

欲望はとまらず、ビュッ、ビュビュッと白濁が鈴口から放たれた。

「えっ。ええっ。こ、これって」

詩織もとまどった様子で丈治の反応を見つめている。

「ご、ごめんっ。津島の手が気持ちよすぎて、はっ、ああっ」

慌てて鈴口にタオルケットをあてて、白濁液が詩織にかからないようにした。

それでも栗の花のような独特の臭《にお》いが、ふたりの間にたちこめる。

欲望汁は数度に分けて放出され、ようやくとまった。

(いきなり発射しちゃうなんて、かっこ悪すぎだろ……うわああ……)

丈治はいたたまれず、うつむいた。また肝腎なところでヘマをした。

自分への失望から動きをとめた丈治の手を、詩織の手がくるむ。

そして、やさしくタオルケットをはずすと、両手で男根を握ってきた。

「えっ……」

「ふたりで気持ちよくなろうよ。ねっ」

詩織が目を閉じて顔を近づけ、丈治をいたわるように唇をついばんできた。

ペニスをくるんだ指の動きはぎこちないが、必死さが伝わってくる。

「津島とはじめてができて俺、幸せだ」

「私も、そうだよ」

詩織の瞳を見つめているうちに、丈治は落ち着いてきた。

また指を女裂の奥にくぐらせ、肉壁をくすぐるように、上下に動かした。

すぐに水が跳ねるような音が秘所からたつ。

「んっ……くうっ……」

心なしか、肉襞から硬さが失われてきたようだ。指を抜き差しするテンポをあげながら、奥深くを突くように動きを変えた。

詩織の胸が大きく上下している。丈治はあいた手で乳頭をつまんだ。

「あんっ……おっぱいとそこの両方はっ」

困ったように眉をひそめて、詩織が顔を左右にふった。

丈治は身を乗り出して、また乳頭を舌で転がす。

下腹が大きく波打ち、白い肌に汗がうっすらと浮いてきた。

「そこ、そこは……あんっ……」

「気持ちいいの？　そうなんだろ」

一度射精したせいか、丈治は少し落ち着いていた。

詩織の反応を見ながら、愛撫を施す余裕が生まれている。

乳房への愛撫をはじめると、女裂からあふれる蜜液の量が確実に増えていた。

（二カ所でこんなに感じるなら……）

唇で乳房を、指で膣中をかきまぜながら、もう片方の手を陰核に這わせた。

「あうんっ……あっ、す、すごいのっ」

詩織は男根を愛撫していた手を放し、自分の顔の横のシーツをつかんだ。

声をこらえるために、手首を唇にあてているが、その隙間から小さく甲高い声が漏れ出ていた。

抜き差しのテンポをあげながら、女芯をくすぐりつづける。

ピチャピチャと湿った音が部屋にこだまする。

「くうっ……山本っ……わ、私、へ、変に……」

詩織の声が上ずっていた。

腰が揺れ、秘所から響く水音が派手になっている。

「もしかして、イキそうなのか」

詩織は答える余裕すらないようだ。

荒い吐息の間に、切れぎれの声をあげている。

丈治は詩織の表情を見ながら、乳頭をまた吸った。

「あふうっ……あうんっ……」

腰が浮きあがっていく。

丈治は逃がさないとばかりに、抜き差しを強めた。そして、陰核をしつこくくすぐりつづける。詩織の放つ、はしたない水音がさらに大きくなった。

「イッて……津島、俺の手でイッて」

そう言って、乳頭を吸ったとき——。

「あうっ……変になるっ」

詩織の尻がぶるっと震えた。

「いいっ、イクっ」

肩がこわばり、息が一瞬とまったようだ。アダルトビデオで見ていた絶頂よりも控えめな反応だったが、そのせいか、生々しくていやらしかった。

次の瞬間、愛蜜がどっとあふれ、丈治の腕から肘まで伝ってくる。

「き、気持ちいい……はじめてでこんなになって、私……」

自分のはしたない反応を恥じるように、詩織は丈治にしがみついた。

「俺だって、もう一回イッてるんだ。恥ずかしがらないで」

「ねえ、山本、指を抜いて……私、恥ずかしいのっ。また昇っちゃうのっ」

丈治はいくら懇願されても抜く気はなかった。詩織の歓喜に震えるさまをもっと見つめていたかったし、初体験の前に体をもっとほぐしておきたかった。

指の動きを大胆にすると、秘所が放つ水音が激しくなる。

「くううっ、また、またきちゃうのっ」

詩織から漂う汗の香りが濃くなった。

せつなげな声はもっと体を蹂躙《じゅうりん》してくれと誘っているようだ。

丈治はその声にこたえるようにやさしく陰核をこすって、詩織を悦楽へといざなう。

「はあっ……ダメっ、本当にまたイク……イッちゃうっ」

一度快楽の味を覚えた女体は貪欲だった。

「も、もうダメ！　また、い、イクっ」

四肢をガクガクさせて、詩織は達していた。

3

(ついにするのか、津島と……)

丈治は勉強机の引き出しから、中学校時代に使っていたペンケースを取り出した。

その中には、部活の先輩からもらったコンドームが入っている。

その先輩と彼女は、セックスが大好きなふたりだった。当然避妊具は常備しており、おまえらもいつか使うだろ、と言って後輩たちに分けてくれたのだ。

「ちょ、ちょっと待って」

袋をやぶって、薄くてヌルヌルしたコンドームを取り出す。

昔、もらってすぐにネットでコンドームのつけ方を見たが、実際に装着するのははじめてだ。つけやすいように塗られたゼリーで指がぬめる。

先端にあてがっても、コンドームはなかなか亀頭にはまってくれない。

(こんなみっともない姿、いつまでも見られたくない)

ひとつになりたい欲望と、恥ずかしさで気ばかりが急《せ》くが、切っ先からコンドームは逃げつづけた。しかし、ようやく先端に引っかかった。

（やった。あとはさげるだけだ！）

肉筒を包むようにコンドームをおろそうとしたところ——。

「えっ……あっ、ああああ！」

コンドームがやぶけてしまった。先輩からもらったのは一枚だけだ。

このままだと、初体験をナマでするという危険をおかす羽目になる。

またもヘマをしてしまった。

「津島、ごめん。俺、コンドームもうなくて……妊娠させたらやばいから……」

「大丈夫だから……たぶん……だから、きて」

詩織が手を伸ばして丈治を誘った。

「大丈夫って、コンドームないと、その……」

「周期からすると、その……たぶん、大丈夫」

その言葉に最初ピンとこなかったが、そういえば先輩が、ナマでできる日があると言っていた。生理の前なら大丈夫とかなんとか——。

「津島、生理が近いの？」

「はっきり言わないで……恥ずかしいんだから」

間抜けなことを聞いてしまったと、丈治は顔を赤くした。

「それに……がまんできなくなっちゃったの」

詩織は流されるタイプではない。

（そんな津島が俺のことをほしいっていうのは……本当にそう思ってるんだ）

丈治はベッドにのった。にじりより、詩織の細い足首をつかむ。

「本当に、ナマでいいの？」

「いいの……山本とならば……私、山本のことずっと好きだったんだ。一生懸命でまじめで、ちょっとドジで……かわいくて、かっこよくて……ああ、もうこんなこと言っちゃうなんて……」

詩織が手で顔を覆っていた。髪の間から見える耳たぶが赤くなっているのが暗がりでもわかる。

「じゃあ、俺の気持ちも……」

「わからなかった……だって、山本はいつも無口だったから。だから、なに考えてるかわからなくて」

無口なのは、詩織を見つめるのに夢中だったからだ。だけど、そこはさすがに照れくさくて言えなかった。

「俺もずっと好きだった。好きな人とはじめてができて、すごく幸せだよ」

詩織が口もとをほころばせた。花開くようなやわらかな笑顔を見て、丈治の胸にいとおしさがこみあげる。

「ねえ、山本……挿れる前に、もう一度触っていいかな」

丈治はうなずいた。

細い指が丈治の男根に近づく。少し冷たい指が触れた瞬間、切っ先がヒクンと大きく跳ねた。詩織が「あっ」と声を漏らしたが、そのまま指でくるんだ。

「太い……親指と中指がくっつかないよ」

「太くないって。普通……だと思う」

友人と風呂に入ったときにそれとなくサイズの確認をしていて、自分のものが特別大きくないことを丈治は知っていた。

「だから、大丈夫だと思う。そんなに痛くしないようにがんばるから……あっ」

詩織が輪にした指を上下に動かしていた。コンドームの一件で間があいたせいで、丈治のペニスは少ししぼんでいた。そこに詩織が自分から愛撫を施している。

「あっ……ああっ……指が気持ちいい……」

「そう言ってもらえてうれしい。だって私ばっかり気持ちよくなっていて、ちょっと悪い気がしてたんだ……」

詩織のその気持ちがうれしくて、胸があたたかいものでいっぱいになる。

（ちょっと間があいたのは、津島もいっしょだよな）

丈治は詩織の脚のつけ根に指を這わせ、女芯を探りあてた。

「あんっ」

反応は良好だ。まだ、クリトリスは充血し、しこっている。

丈治は親指をそこに押しつけたまま、人さし指と中指を内奥に挿入した。達したばかりの女陰はまだたっぷり潤っており、指がズブズブとのみこまれていく。

「あっ、くうっ、そことそこ、いっしょにされると、いいのっ」

詩織が身をよじった。男根を握った手に力が入る。

痛みをもたらすほど強くないが、快感を与えるには十分な圧だった。

快感のお返しとばかりに、丈治も抜き差しを速める。

「あんあんっ、あんっ、き、気持ちよくなるの、はぁっはぁんっ」

詩織は歯を食いしばって、顔を左右にふっている。

喉奥からは、くう、うっ、と甲高い声が放たれていた。

新しい快感に溺れながらも、肉棒への愛撫はやめていない。

「津島の中がすごい……吸いついてくるっ」

「言わないで。あんっ、あふっ、変になりそう」

動きだけでなく、濡れも激しくなっていた。

女裂からあふれた蜜は双臀の間を伝ってシーツに垂れ、大きな染みをつくっていた。

「ぐっちょぐちょだから……挿れていいよね」

詩織が息をのんだ。卑猥な言い方をされたことに反応したようだ。

「それとも、もっとぐちょぐちょになりたい？」

丈治は少し驚いていた。詩織と体をまさぐり合ううちに、丈治の中に眠っていた大胆さが目を覚ましたのかもしれない。

「う、うん……ほ、ほしい、次のがっ」

詩織が泣きそうな顔で丈治を見た。

愛撫していた指を抜いて、細い腰をかかえた。己の腰を近づけて、濡れ光る秘所に男根をあてがう。

「津島、本当にいい？　痛いかもしれないけど……」

「いいよ、山本なら……きて」

互いの想いを確認してから、丈治は腰を進めた。このままいけば入るはずだ。

だが——。

つるんっ。

「あんっ」

「おおっ」

男根が陰唇を割れず、女裂の上を滑った。

そのときに、亀頭の先が女芯をはじいてしまった。

ふたりとも性感帯への強い刺激にうめく。

「ご、ごめん。こんどこそ挿れるよ」

ねらいすまして、男根を突き進める。だが、またも——。

つるんっ。

丈治は焦って、何度もそれをくり返す。

「このままじゃおかしくなる……わ、私が、挿れるね……」

詩織は白い息を吐きながら、男根を握った。

大きく開いた己の股間に、丈治の分身を導いていく。

促されるままに腰をくり出すと、亀頭が濡れた花弁に触れた。

「このまま進んで……きっとひとつになれるから」

こちらを見つめる詩織の瞳は熱を帯び、潤んでいた。
丈治は分身を握って、腰をゆっくり進めた。
メリ……。
指よりも太いもののせいか、女唇の抵抗が強い。
「津島が痛くないようにがんばるから」
詩織が小さくうなずいた。
ズズズ……。
勢いをつけて腰をくり出して、ようやく亀頭がのみこまれた。
（これが女性の、中……）
指で味わったときとは、段違いの快感が亀頭から這いあがってきた。
四方から押しよせる柔肉の圧の愉悦はすさまじく、丈治は歯を食いしばった。
そうでもしないと、情けない声が出てしまいそうだ。
「はぅっ……き、きつい……大きい、大きいよ、山本」
詩織は体をよじっていた。
引き締まった体には、びっしり汗が浮いている。
せつなげな声、男根をくるむ肉の快感、匂い、汗に包まれた肢体、そのすべてが丈治の本能を刺激していた。そして、その刺激はあまりに強すぎて、詩織を思いやる気持ちを吹き飛ばしてしまっていた。

「すぐだから、すぐ奥までいくから」

逃げまわる細腰を両手でがっしり押さえると、丈治は欲望のままに腰を突き出した。

「あぁんっ、太いのっ。裂けちゃうよぉ！」

「いっぱいほぐしたから、裂けないから、大丈夫だ」

丈治は肉棒をくるむ快感に溺れ、それだけを求めていた。進めば進むほど蜜肉の締めつけはきつくなっていく。髪の毛が逆立つほどの快感に、背すじが震える。

（こんなに気持ちのいいものがあるなんて……）

女体の甘美さに、丈治はうっとりしていた。

目を閉じて、肉棒から伝わる快感に身をゆだねる。と──。

二の腕がきつくつかまれ、一体感に没頭していた丈治は現実に引き戻された。

「はあぁっ……大きい。つらいのっ。お願い、ゆっくりして」

詩織の指が丈治の二の腕に食いこんでいた。吐息は荒く、苦しげだ。

涼しげな目もとからは、涙がこぼれていた。

（そんなに痛かったんだ……！）

「ごめん。ゆっくりするから」

本能にブレーキをかける。性急な動きではなくなったとはいえ、この蜜肉すべてに男根をうずめたい、という欲望は消えてはいない。

詩織の苦痛の声を聞きながら、腰をくり出していく。

(やさしくしたいのに……とまれない……ごめん、津島……)

相手をいたわりたい気持ちと、快感に溺れたい気持ちがせめぎ合い、いまは快感のほうへと心が傾いている。ずっと好きだった詩織との初体験なのに、詩織が苦痛に悶えていても、欲望のまま男根をくり出すことをやめられない。

「もうちょっとで奥までいけるから……あと少しだけ、がまんして」

丈治は詩織にキスをした。痛みのせいで、詩織の唇は少し冷たくなっていた。申し訳ないと思いつつも、いくところまでいかなければ、とまれそうにない。

丈治は舌をからめながら、ズズ、ズズズと腰を進めていく。

「ふうううっ、つらい。痛いのっ……ああっ」

詩織が腰をくねらせた。膣内が少しうねったために、丈治の男根にまた未知の快感が送りこまれた。

丈治の中で、理性の糸が切れる音がした。

腰を思いっきりくり出し、膣の奥深くにペニスを押しあてる。

「あっ、あああっ、ダメっ。動きすぎっ、あああっ」

腕の中で、詩織が叫ぶ。だが、もう丈治は本能に身をまかせていた。

詩織の足のつけ根と、丈治の腰が密着した。

「ひとつになったよ……津島」

「う、うれしいけど……ちょっと、痛いかも……」

薄明りのなか、浮かんだ詩織の頬を涙が伝う。

丈治はその涙を唇ですくった。

「津島、つらいと思うけど、もうちょっとつづけていい？」

詩織が、えっ、と小さく声をあげた。

「出すまで動きたいんだ……動きたくてもう、がまんできないんだ」

丈治は詩織をきつく抱きしめ、頭を彼女の首すじにうずめた。そして、腰をゆっくり前後させはじめた。

抜くときは亀頭のエラが膣内をかいていく。それだけでもそうとうな快感なのに、奥にまた突き入れるときの、肉壁が押しよせる感覚と陰唇の締まりはそれ以上のものだった。

「くうっ、痛いっ。あんっ、もっとやさしく……」

感じているのか、泣いているのか、声が湿っている。

「これでも一生懸命なんだ……あと、少しだから」

肉竿から切迫した感覚が這いあがってきた。

玉袋がきゅっと上にあがり、背すじを冷気のようなものが走る。

自慰でもおなじみの感覚、射精が近づいてくるときの感覚だ。

「くうっ、あん、あっ、あああっ」

詩織の声が変わってきた。指で愛撫していたときの声に似ている。

「津島、感じてきたの？」

「わからないの、痛いのか気持ちいいのか、わからないのっ」

霧を吹きかけたように湿った肌から、甘い香りがたちのぼる。

詩織の中でもなにかが荒れ狂っているようだ。苦痛なのか快感なのか、それともその両方なのか。

自分と同じものを受け取ってくれればいいなと願いながら、丈治は律動する。

「こっちはすごくいい、ものすごく気持ちいい」

男根を押し戻すようなきつい締めつけに、吐息が荒くなり、この甘くやわらかい女壺の中で果てたいという欲望に集中していく。

「中が、熱くなってきたの……あっ、あん、い、いいっ」

声が変わっていた。さっきまで冷たかった詩織の指が、いまは熱を帯びている。重ね合わせたふたりの上半身は、汗で滑りがよくなっていた。丈治の胸板にあたる詩織の乳頭は、愛撫したときよりもさらにツンと屹立している。

「ああ、こっちもいい……津島の体、ぜんぶがすごく気持ちいいよ」

結合部からは、バチュッバチュッと激しい音が響いていた。

「奥にあたるのっ……痛いのにっ、ああん、もっと変になるっ」

詩織が首を左右にふって、快楽に悶えている。

細い腰も丈治の動きに合わせて、ぎこちないながら揺れていた。

ほんのわずか詩織の腰が動いただけで、膣内で切っ先のあたる位置がかわる。

「はう……そこ、ダメぇ！」

反り返った切っ先が、膣肉の上側をかいていた。

亀頭にザラザラした感触が伝わり、そこから得も言われぬ快感がひろがる。

丈治は女壺の虜《とりこ》となり、バチュッバチュッと音をさせながら律動した。

「山本、速いよっ。壊れちゃう。速すぎて、壊れちゃうのっ」

だが、もうとまれない。

腰を思うままふり、詩織の喘ぎ声が高くなる場所をしつこく突きつづける。

性感帯の亀頭をザラザラした膣肉で刺激されるうち、丈治に限界が近づいた。

「ああ、もうがまんできない……出そうだ……」

欲望に引きずられながらも、中で出すのだけはまずいと思っていた。

尿道口が決壊する前に、引き抜こうとしたのだが——。

「あんっ、そんなにそこ、こすられたら……い、いいっ、イクぅ……！」

詩織の蜜口がきつく締めつけてきた。限界寸前だった丈治の忍耐はそこで切れ——。

詩織の中で、丈治は思いっきり吐精してしまった。

4

そのあと、詩織の生理がくるまで、ふたりとも生きた心地がしなかった。

周期からすれば、すぐに生理になるはずが、こなかったのだ。

お互いの思いをたしかめ合った喜びから急転直下、ふたりは妊娠の恐怖におびえた。

たった一度のセックスでも妊娠はありうる。そのときは親に説明せねばならない。

可能性は少ないといっても、そのストレスのせいか、津島の生理は遅れに遅れた。顔を合わせればふたりとも暗い顔になり、会話もとぎれがちになる。ＬＩＮＥでのやりとりも、お互いを思いやる内容ではなく、もしもの場合どうするか、という現実的な内容になっていた。

――念のため明日、産婦人科に行くかもしれない。

詩織からそうＬＩＮＥがきた翌日、つまり産婦人科に行く当日になって、ようやく生理がきて、ふたりとも胸をなでおろした。

（それからお互いに引っ越しの準備とかで忙しくなって……結局、会えずじまい）

上京前に最後に一度会わないか、と誘った丈治に対して、詩織は忙しいと言って断った。上京後も何度もＬＩＮＥを送ったが、詩織の返事はそっけないものだった。

やがて、連絡はとだえた。

丈治は、大学一年の間は実家に帰らなかった。建前上はバイトと勉強で忙しいから、としていた。しかし本当は、実家に帰ったときにもし津島詩織と顔を合わせたら、どんな態度で接していいのかわからなかったからだ。

彼女と会うのがつらかった。三年間つのった思いがあんなかたちで爆発して――結局、ひと晩でダメになった。ダメになったのは、欲望をこらえきれなかった丈治のせいだ。

（ああ。初体験で中出しちゃうって、俺は本当に……）

丈治がまた頭をかかえたときだった。

「次は新白河《しんしらかわ》、新白河です」

アナウンスで、丈治は回想から覚めた。

（やばい……股間が）

デニムの前に大きなテントができていて痛い。

あの夜を回想していただけで、ひどく興奮してしまった。

列車のアナウンスとともに、乗客たちは降りる準備をしていた。

地元の人もそれなりにいたが、東北は夏祭りの時期だけあって、青春18きっぷを使った鉄道旅の客が多いようだ。荷物でふくらんだバックパックを背負っている人や、首から一眼レフのカメラをさげた人もチラホラいた。

電車が新白河駅で停《と》まる。

松尾芭蕉《まつおばしょう》が『おくのほそ道』で詠み、有名な演歌でも出てきた「白河の関」の白河だ。芭蕉のころにはもう関所の跡地しかなかったようだが、白河は数多《あまた》の和歌に詠まれ、そのせいか、ここを通ると東北に来た、という実感が湧いたらしいと中学か高校の古文の授業で聞いた気がする。

鉄道マニアの間でも、ここは「白河の関」と呼ばれていると阿久津が言っていた。郡山《こおりやま》に行くには新白河駅から各駅停車への乗換がいること、そして乗換時間がタイトなことからきているそうだ。

丈治はバックパックで前を隠した。伸縮性のある素材のデニムとはいえ、デニムはデニム。股間がめちゃくちゃ痛い。

東北についてそうそう涙目になりながら、丈治は内股でホームに降りた。

慎重に慎重を重ねてゆっくり歩き、座れそうな場所を探す。

股間のクールダウンが必要だ。

乗換で移動した乗客は首都圏のラッシュ時に比べれば少ないものだが、東北の駅にすれば、なかなかの人数だろう。

丈治は腰の熱を冷ますべく、ホームのベンチに腰かけた。

乗換や、駅の改札に急ぐ人が消えたホームは閑散とするかと思いきや、鉄道愛好家がホームに残って車輛の写真を撮っている。

上京のときは安くつく高速バスを使っていたので、こういう光景を見るのは新鮮だ。

今回、帰省するのに青春18きっぷを使うことにしたのは、大学でつるんでいる阿久津の影響もあったが、今年はいつもと違うことをしてみたかったからだ。

（かといって、海外に行くほど金はないし……）

というわけで、帰省をかねて東北で気になる観光地を見物し、ご当地グルメを食べ歩く旅にすることにしたのだ。

大冒険ではないが、冒険していないわけでもない。

丈治の小さな冒険心を満たすのに、ちょうどいい旅だ。

勃起の勢いがなくなり、立ちあがれるようになった丈治は、スマホにメモしていた白河ラーメンの店に急いだ。

この駅では乗換までの時間を一時間とみている。

時計を見て、丈治は慌てた。もう十分たっている。

駅から近い店とはいえ、この時期の有名店なら混雑しているかもしれない。

バックパックを背負うと、丈治は目的の手打ちラーメンの店へと急いだ。

第二章　きれいなお姉さんに誘われて

1

丈治は会津若松の駅を出てから、駅前を通り抜け、飯盛山《いいもりやま》に入った。
時間はもう午後五時をすぎている。
(さざえ堂《どう》の開館時間は日没までって……けっこうアバウトだよな)
白虎隊《びゃっこたい》自刃の地として知られる飯盛山の石段を登る。
段数が意外とあるので、息が切れる。
石段が終わり、こじんまりとした広場に出た。
その中央に、目指す建物、さざえ堂があった。

どうやら間に合ったようだ。まだ観光客が出入りしている。

江戸時代に建築されてから大きな改修もされておらず、使われている木材は当時のままだ。歳月を重ねた外壁は薄墨を塗ったように黒く、周囲の木々の緑にあらがうように沈んだ色となっていた。

六角の屋根の少し下には、屋根とは平行ではない斜めの格子窓が連なっている。

丈治は世界で唯一といわれる木造の二重らせん構造建築のお堂にスマホを向けた。

震災でも倒壊しなかった六本柱をまずは外観から角度を変えて撮影する。

夢中で撮っていると、女性に声をかけられた。

「すみません、私とこのお堂、撮ってもらえませんか」

声のほうに目を向けると、ワンピースを着た女性が立っていた。

「は、はい。いいですよ」

ちょっと声が裏返ってしまったかもしれない。

というのも、目の前にいる女性が知的な美貌の持ち主だったからだ。

訛《なま》っていないところからすると、首都圏から来た観光客だろうか。

(丸《まる》の内《うち》で働く女性って感じだな)

丈治は丸の内で働いたこともなければ、ほとんど行ったことはないが、田舎者の悲しさか、あの辺を歩いている女性はきれいな髪と化粧、そして上品な服装をしているという勝手なイメージがある。写真を頼んできたのは、そんな女性だった。

薄暗いお堂を背景にするると、その女性の華やかさがいっそう引きたって見えた。

「さざえ堂全体が写るようにして撮ってくれれば助かります」

女性が肩までの髪を整え、ポーズをとる。丈治は少しかがんで、さざえ堂と女性が入る位置を探りあてると、何度かシャッターを押した。

「きれいに撮れたと思いますよ」

スマホを返すとき、女性からいい匂いがして、丈治はドキッとした。やさしさと高貴さとがまざったような、そんな雰囲気の香りだ。

女性は撮影したものを確認して、笑顔になった。

「ありがとう。自撮りだとどうしても建物全体を写せなくて」

女性は丈治に礼を言って、石段を下りていった。

鼻先をくすぐる残り香に陶然としていたが——閉館まで間もないと気がついて、丈治は慌ててさざえ堂の入口へと向かった。

2

——ネカフェでも泊まれたらラッキーだよ、この時期。

という、阿久津のメッセージを読んで、丈治は肩を落とした。

中学のころから見ていたバラエティ番組で、サイコロの目のまま行きあたりばったり旅をする企画があった。丈治は昔から、そんな旅にあこがれていた。

旅の全日程を宿泊予約なしにするのは怖いが、最初の一日ぐらい気の向くまま駅前の観光案内所で紹介された宿に泊まるのをやってみたかったのだ。

(でも、ああ……甘かった)

案内所で紹介されたのは一泊二万以上の宿ばかりで、安宿はすべて満室だった。

阿久津に窮状を訴えたところ、ネカフェに泊まれと指示があり、慌てて会津若松駅のそばにあるネットカフェを予約した。

(近くとていっても、バスに乗らなきゃいけない場所か)

泊まる予定のネットカフェの所在地をスマホで確認して、ため息をついた。

おなかもすいたし、先に夕飯を食べてからそこに移動しよう。ネットカフェに泊まるので宿泊代は浮いた。今晩はちょっと奮発して郷土料理を食べてもいいだろう。

スマホを取り出して検索しようかと思ったが、ここは勘にまかせて歩くのもいいかもしれない。

(あそこ、いい感じだな)

駅周辺をうろうろしていると、大きな白い提灯が目に入った。

入口の引き戸の前には縄のれん、入口のわきにある黒板には本日のおすすめが書いてある。おすすめメニューの横に書いてある値段もそんなに高くないので、少し飲み食いするぐらいなら大丈夫そうだ。

丈治が店に入ろうとしたところで、同じように入りかけた客とぶつかりそうになった。

「ごめんなさい。あら。あなた、さざえ堂の?」

ぶつかりそうになったのは、さざえ堂で丈治に写真を頼んできた女性だった。

「あなたもこのお店に来たの?」

「ええ、そうです」

理工学部では女性自体が少ないので、最近では女性と話すだけで多少緊張する。

それが大人の女性ならなおさらだ。

「偶然ですね。こういうことがあるから、旅って楽しい」

女性が扉を開けて、店員に声をかけると、

「おふたり様ですか」

と聞かれていた。

「いえ、私はひとり。こちらは……」

女性が丈治をふり返る。

「俺もひとりです」

「そうなの。てっきりお連れがいるのかと思った。ねえ、せっかくだから、いっしょに飲みませんか。お互いの旅の話をしたりして」

思いもしなかった展開に、すぐに返事ができずにいると、いつの間にかふたりで飲むことで話がまとまり、丈治とその女性はカウンターで肩を並べて座っていた。

「駅前の人気居酒屋だから、座れただけラッキー。あなたのおかげかな」

「いや、俺はどっちかっていうと不運なほうで……」

「へえ。どんな不運があったのか、私に聞かせて」

女性は聞き上手だった。丈治は旅館の失敗のことを話した。

「いいですね。そういう失敗のほうが思い出になるし……それに、悪いことがあったぶん、いいことがあるかもしれないですよ」

（やさしい人だな……）

考えてみれば、ネットカフェに泊まることになっても、旅先で出会った美女とつかの間でもいっしょにいられたのだから、幸運なのかもしれない。

彼女はテキパキとおつまみを注文したあとで、丈治のほうを見た。

「私が勝手になんでも決めちゃって悪かったかな」

「い、いえ。俺はこういうところにひとりで入るのがはじめてだから助かりました」

うつむいたとき、丈治は横顔に女性の視線を感じていた。

世間知らずと思われたかも、と気落ちして、丈治はメニューを見たままだ。

そこへ生ビールがやってきた。

「まずは乾杯」

ジョッキを合わせるとすぐ、女性は喉を鳴らして飲んだ。

「おいしいっ。歩いたあとだとなおさら」

弾むように言うと、突き出しの、アスパラのてんぷらを口に運ぶ。

「うん、おいっしいっ」

ニコッと笑って、もぐもぐ頬張る。そして、またビールを飲む。

先ほどまで抱いていた、できる女性、というイメージとはちょっと違う人なのかも、と丈治は思った。ビールをひとくちふたくち運びながら、ちらっと女性を見る。

「お兄さーん、おすすめの日本酒、あるかな」

店員を呼びとめた彼女のジョッキはすでに空になっていた。ペースが速い。

彼女は、会津中将という地酒を勧められていた。

「じゃあ、それで。あなたは……まだ、大丈夫？」

「だ、大丈夫です。俺はゆっくり飲みますので、そちらのペースでどうぞ」

「そういえば、自己紹介がまだでしたね。私は草野梨央《くさのりお》。東京から来たの。ひとり旅よ」

梨央は二十八歳。丈治が思ったとおり、東京で働いているとのことだ。

丈治も名を告げ、青春18きっぷで旅をしていることを話した。

「ご当地グルメめぐりの旅っていいですね。福島だと喜多方《きたかた》ラーメンを食べたの？」

「いえ、俺は白河ラーメンを食べたんですよ」

昼は新白河で降りて、駅から近い店でラーメンに入ったと話した。

「白河ラーメンおいしくて、スープを飲みほしちゃいましたよ」

「そんなにおいしかったんだ。どんなスープなの」

「俺は青森出身なんですが、青森のラーメンスープは煮干しや焼き干しがベースなんです。でも白河ラーメンは鶏ガラと豚骨の澄んだスープで、驚くほど癖がなくて……上京してから行列のできる店にいくつか入ったんですけど、おいしいけど、いまひとつしっくりくるのがなかったんです。でも白河ラーメンは丁寧につくられたスープに手打ち麺がからんで、風味も触感も最高でした。おいしかったなあ……」

丈治は昼に食べたラーメンを思い出しつつ語ってから、ビールで舌を湿らせる。

そこで、ハッとした。

(いくら話題に事欠くからって、ラーメンのこと、熱く語りすぎだろ)

話す内容に事欠いてラーメンだと、いかにもモテない男、という感じだ。

実際、モテてはいないのだから、そこは真実なのだが。丈治は軽く落ちこんだ。

「ふうん。じゃあ、私も明日、そこのラーメン屋さん行こうかな」

梨央は身を乗り出して、楽しそうに聞いていた。

軽く落ちこんでいた丈治には、そこが意外だった。

「いまの話、退屈じゃなかったですか」

「ううん。おもしろかった。丈治君がおいしそうに説明してくれるんだもの。私も食べたくなっちゃった」

顔が近づいた。

（あっ……胸が……大きい）

カウンターの上で組んだ梨央の腕の上に、たわわなバストがのっていた。

動揺していても、そんなところにすぐ気がつくのは情けない、と思いつつ目が離せない。ワンピースの胸もとは上品な深さのVネックだが、その隙間から胸の谷間がのぞくほど、バストにはボリュームがある。

「おいしいものを食べるのが大好きなの、私」

馬刺しと日本酒が運ばれてきた。

「うん、おいしい。桜肉が日本酒に合う」

日本酒をひとくち飲んで、馬刺しを食べた梨央の口もとがほころぶ。

丈治も馬刺しを食べてみる。脂が少ないはずなのに、舌触りはとろっとしていて、かみしめると甘みを感じた。

アルコールが少しまわったのか、梨央の目もとが桃色になっていた。

「もう少しで手羽焼が来るから待っててね。ここの、おいしいの」

「楽しみです」

丈治は突き出しの、アスパラのてんぷらを食べた。

サクッと揚がった衣と、アスパラの甘味の相性がよくて、おかわりしたいくらいだ。

丈治はそこで気がついた。

(梨央さん、前にもここに来たことがあるのかな。手羽焼がおいしいって……)

箸をとめた丈治の肩に、梨央が頭をのせてきた。

「えっ、あっ、あのっ」

「ちょっと酔っちゃった……だって、いつもここで会っていた人にすっぽかされちゃったんだもの。ハイペースになっちゃうじゃない」

梨央の髪からいい匂いがした。流れ落ちた髪が丈治の腕をくすぐる。しかも、腕にはやわらかく弾力のある感触があたっている。間違いなく梨央のバストだ。

(あっ、やばいっ)

電車の中で、あられもない回想をしたばかりだったせいか、体は素直な反応をした。

デニムの下で股間が充血しはじめている。

「ねえ、さざえ堂で丈治君に写真を撮ってって頼んだの、どうしてかわかる?」

頭を肩にのせたまま、梨央が盃を口に運んでいる。

「い、いえ……どうしてですか」

「私をふった男と似てるの。今日になってドタキャンしたひどい人。奥さんにバレそうだからって、前から予定していたのに逃げた人……嫌いになりたいのに……でも、面影を追いかけちゃう……ダメだよね、こういうの」

いきなり話がヘビーになってきた気がする。

「つらいですよね。そういうの……」

と、相槌を打った。丈治も津島詩織のことを引きずっていた。

ふりきろうとしても、どうしても彼女のことを思い浮かべてしまう。

クラス会に出るのも、再会を期待して、というより、じかに会ってはっきりとしたかたちでふられるためだ。

「初対面なのにいろいろ話してくれてうれしいです。でも、どうして俺なんですか」

「丈治君も旅人だからかな。こんなこと、職場の人や友達には絶対言えないもの。もう会わないかもしれない人なら、簡単に言える」

「……たしかにそうかもしれませんね。すぐそばにいると、言えないこともあるし」

梨央が首をかしげて、丈治を見あげる。

上目づかいだと、瞳がさらに大きく見えて、吸いこまれそうだ。

「……丈治君も、そういう経験、あるんだ」

「えっ。ま、まあ……」

「気が合いそうだな、って思ったとおりだった。丈治君、今日はゆっくり飲もうね」

梨央が冷酒の入ったグラスを丈治のジョッキに合わせて、チンと鳴らした。

3

「り、梨央さーん、お部屋に着きましたよ」

結局、丈治は酔いつぶれた梨央を旅館まで送っていく羽目になった。

フロントでどう言い訳しようかと思っていたが、梨央の言ったとおり男は急に旅行をキャンセルしたらしく予約は男女二名のままだったので、あっさり鍵をわたされた。

「じょおじくーん、鍵を開けてくれるう。手もとがあやしくて無理い」

梨央からカードキーを受け取った丈治は、部屋の鍵を開けた。

ドアを開けたところに式台と一畳ほどのホールがある。そこに梨央が腰をおろしたのだが、そのまま寝そべってしまった。

「もう、ここで寝たらダメですよ。まず、靴を脱いで……」

丈治が梨央のパンプスを脱がせて、奥の部屋へと連れていく。

ふすまを開けたとき、丈治の心臓は飛び出しそうになった。

掃除の行きとどいた気持ちのいい和室の中央に、ぴったりとくっつくようにふた組の布団が並べて敷いてある。枕もとにはティッシュとお盆に水さしとコップがふたつ置いてあった。

(なんかもう、そういう雰囲気の部屋になってる!)

梨央の不倫相手は四十代で東北に単身赴任している男だと言っていた。

想像してはいけないと思いつつ、頭の中で年上の男と愛を交わす梨央の裸身が浮かんでは消える。きっと相手の男はテクニシャンで——。

(よけいなことを考えないで、梨央さんをとりあえず寝かせようっ)

布団の上に梨央を横たえたところで、丈治の尻のポケットにあるスマホが震えた。

宿泊予約していたネットカフェからだった。

チェックイン予定時刻をすぎているが、どうするのか、という連絡だった。

「いまから行きま……」

と言いかけたところで、梨央が丈治のスマホをもぎとった。

「キャンセルしまーす。泊まるところが見つかったのでぇ」

と言って、勝手に通話を切ってしまった。

「えっ。あっ、梨央さん、それじゃ俺、困りますよ。路上で寝ろってことですか」

梨央が丈治の首に両手をまわして抱きよせる。

胸に豊満な乳房があたった。丈治の股間はすぐに反応し、海綿体が充血する。

「ねえ、ここで泊まっていけばいいじゃない。だったら、困らないでしょ。ここの宿泊代はドタキャンした男が払ってるから、心配しなくていいし」

梨央の桃色の唇の間から、赤い舌が蠱惑《こわく》的にのぞいていた。

「心配しているのは、そういうことじゃなくて……あの、その、だって、さっき知り合ったばかりでこういうのは、なんていうか、その……」

体にその気があっても、心がついていかない。

据え膳食わぬは男の恥、というけれど、据え膳を食うにも度胸がいることを、そして自分にはその度胸がないことも丈治は悟っていた。

「あっ、わかった。彼女がいるからダメなんだ」

「い、いませんよ。俺はモテないから……」

「こんなにかわいいのに？　おかしいなあ」

梨央の右手が丈治の頬をなで、それから胸へ、へそへと下りていき——股間に触れた。

「わっ」

突然の快感に、腰を引っこめてしまった。

「えっ。すごいじゃない……大きいの持っているのにモテないなんてもったいない」

(大きい……いやいや、大きいもなにも、普通サイズのはずだ)

「わかってないんだね。丈治君がどれだけすごいか」

梨央が丈治の足下にひざまずいた。

慣れた感じでベルトをはずし、デニムのジッパーに手をかける。

そこに経験を感じてしまい、淫らな期待が高まるとともに、経験の少なさを笑われそうで怖くもあった。

「俺、お風呂入ってないしっ。あ、汗くさいですし、だから、梨央さん……あっ」

梨央は丈治の言葉を聞き流して作業をつづけていた。テントを張ったジッパーに少し手こずりつつも、盛りあがった部分をやさしくなでながら、おろしていく。

「あら、こういうの、嫌い?」

「き、嫌いじゃないです……でも、こんなのはじめてだし、あの、その……」

「じゃあ、まかせて……」

デニムが太ももまでおろされた。下着と盛りあがった股間が顔を出す。

「ああんっ……なに、これっ」

梨央が声をあげた。

丈治は片手で目を覆った。小さくて失望されたはずだ。

冷たい言葉を投げかけられる、と身構えていた丈治が聞いたのは意外な言葉だった。

「すごく……おっきい……」

「へっ」

梨央は日本酒を飲んでいたときよりもうっとりした顔で、下着を突きあげるペニスを見つめていた。

下着がおろされ、丈治の若竹が顔を出す。

ぶるんっ！

下着で押さえられていた欲望が、ばねじかけのように勢いよく飛び出した。

反動をつけて揺れる男根の根元を梨央の白い指がつかむ。

梨央の唇が切っ先に近づき——そして、ペニスがあたたかく濡れたもので包まれた。

「おおお……おおおお……」

全身に未知の快感が走り、丈治は声をあげていた。

梨央はシャワーに入っていない汗くさいペニスをためらわずにくわえている。

ペニスを口いっぱい頬張っているせいで、頬がへこんでいた。

知的な相貌なだけに、その変化は卑猥で男の欲情をそそる。

「大きすぎ。根元まで入らない……」

ジュボッ……！

梨央が一度口を離してから、また音をたてて口内に迎え入れる。

彼女も欲情しているのか、口の中は唾液で潤んでいた。

「梨央さんの口が汚れちゃいますからっ……あっ、ああっ、いいっ」

すぼまった唇で男根に快感を与えながら、梨央が頭を前後させる。

女性器とは違う愉悦で、腰がヒクヒク動いてしまう。

いけないと思っても、丈治は本能にあらがえず、梨央の頭を手でかかえていた。

「汗の匂いがエッチでくらくらしちゃう」

梨央の声が丈治を魅了する。頬が朱に染まっているのは、酒の酔いだけでないだろう。

和室に丈治の荒い息と湿った音が響く。

湿った音は唾液の音だと思っていたのだが、丈治は目を下にやって驚いた。

（梨央さん……自分であそこを触ってる……）

シンプルなワンピースの裾《すそ》がまくれ、やわらかそうな肌とむちっとした太ももが見える。その奥にある赤いレースのショーツをわきによけて、梨央は己を慰めていた。音をたてて男性器をすすりながら、腰を卑猥に動かすさまは刺激的である。

（ああ、もう、梨央さんのあそこがびちょびちょだ……）

人さし指と中指をそろえて、首を前後させるたび、指も同じように動かしている。フェラチオをしながらの自慰で感じているらしく、指からは透明な雫がしたたっていた。

「はむっ……はふっ……こんなに大きいの、はじめてっ」

形のよい鼻から漏れる吐息も荒くなっている。

指から垂れた愛液が旅館の敷布団を濡らして、寝具の白を灰色に変えていた。梨央の興奮が昂るほど口内は熱くなり、ペニスへの快感も強くなる。

「で、出ちゃいますよ……こんなに気持ちよくされたら、はっ……はあっ……」

梨央は舌で愛撫をしたあと、ジュルルルッと卑猥な音をたてて力強く吸う。この波のある口淫が、いきりたった肉棒を翻弄する。腰のあたりで淫欲の圧が高まり、火口に押しよせたマグマのごとく噴き出す先を求めていた。

「ひひのよ、ほほに出して……」

梨央がくわえたまま、ささやく。鼻にかかった声がいやらしくて、丈治の背すじが震えた。

出会ったばかりの女性の口内にいきなり出すなんて、と理性がささやく。

しかし、梨央のフェラチオを受けるうち、その声は小さくなっていった。

「あふっ……あおっ……す、すごく気持ちいいですっ」

丈治は歯を食いしばる。初体験のときも暴発してしまい、気まずい思いをした。

ちょっとでも長くもたせないと、またがっかりさせてしまうはずだ。

やせがまんで射精をこらえていたのだが――陰嚢をあたたかな手がくるんできた。

(えっ……そ、そこはっ)

まったく想像もしなかったところへの愛撫に、丈治は混乱しつつも興奮していた。

梨央は唇での刺激と、陰嚢へのマッサージとリズムを合わせてきた。

男の急所二カ所を同時に愛撫され、こらえきれぬ欲情が鈴口へと駆けあがる。

「梨央さんっ、出ちゃいますっ。ぬ、抜いてください」

丈治は全身に汗をかきながら、梨央に訴えた。

このままだと口内射精になってしまう。

射精したものを誰かに飲ませるなんて恥ずかしいし、相手にも申し訳ない。

「ふふ……ほひいの……わかひのが……」

くわえたままなので言葉は不明瞭だが、なにを言いたいかはわかった。

――若いのが、ほしいの。

（梨央さんはこうやって不倫相手の精液を飲んでたんだ。それを俺にも……）

梨央の若さをほしいままにして、好きなように欲望を吐き捨てた相手と同じ行為をするなんて、と思いながらも、熟れた愛撫に体はほどけてしまう。

「梨央さん、ご、ごめんなさいっ。も、もう、がまんできないですっ」

そう言い放ったとき、梨央が吸引を強めた。

「おおお……き、気持ちいいっ、で、出るっ」

ビュッ……ビュルルルッ！

新白河に行く途中の電車の中で昂ったものを放出しないままでいたせいか、丈治が思っていたよりも多く精液が出た。口内で音を放ちながら、何度も噴き出る。

「あふっ、ひ、ひくっ……！」

口内に若い精液をそそがれながら、梨央も己の秘所への愛撫で達していた。

4

丈治と梨央は、梨央が不倫相手と逢瀬《おうせ》を重ねるはずの布団の上でからみ合っていた。

部屋の電気は常夜灯のみ。淡くやわらかな光が梨央の女体に陰影をつけている。

フェラチオのあと、ふたりでシャワーを浴び、汗を流した。

そして、ふたりは体を拭くのもそこそこに布団に倒れこんだ。

最初はキス。それからお互いの乳房や性器を手でたしかめ合う。

梨央は丈治のモノに触るたび、大きいと驚いてくれた。

(きっと、梨央さん、俺に気をつかっているんだ……)

丈治は「大きい」という言葉を、梨央のやさしさとして受け取っていた。

シャワーから布団の上に戻った丈治が、まだ一度しか女性経験がないと告白すると、梨央は女の体を教えてあげるから大丈夫と言った。

未熟な自分を受け入れてくれる梨央に、丈治は甘えることにした。

「じっくり見て、なにがどこにあるか覚えてね……」

梨央は丈治を仰向けに寝かせてから、顔の上にまたがり、ボリュームのある白桃をグイっと突き出してきた。いわゆる、シックスナインのかたちになっていた。

(め、目の前いっぱいに女性のあそこが……)

初体験のときは、そこをまじまじとみる余裕などなかった。

詩織のときとは違う香りが、花弁から放たれている。

(女の人によって、匂いが違う。梨央さんのは濃くて……いやらしい匂いだ)

ボディーソープの香りにまじって、酸味のある体臭とムスクがまざった不思議な香りが漂ってくる。呼吸するたびにそれが鼻から入って、頭がクラクラしてきた。

すると、梨央の細い指が縦すじを左右に開いた。

「わぁ……」

淫靡な眺めに、思わず声が漏れる。

丈治の目の前にはきれいな二等辺三角形を描く陰毛と、無毛の縦すじがある。

若い女性の間では、陰毛を整えるのはムダ毛を処理するのと同じように捉えられているらしい。おかげで、愛液で濡れた肉丘とその奥の紅襞がはっきり見える。

「す、すごいです……きれいで……いやらしいです……」

「丈治君もひろげてみて、お尻をつかんで……」

丈治は言われるままに、梨央の双臀に手をかけ、左右にくつろげた。

その間も、梨央は丈治のペニスをしごいている。

淫靡な眺めと手淫の快感に、丈治の男根は先走りで濡れていた。

「ひとつひとつ教えてあげる……ここが、クリトリス」

ぷりっと突き出たかわいらしいピンク色の突起。小指の先ほどの大きさで、色は淡いピンク色に見えた。指がその下に伸びる。

おしっこの出るところを説明したあと、指がまた大きくひろげられた。

「ここが丈治君のを受け入れる場所よ。あんっ、想像しただけで濡れてきちゃった」

開いた淫裂の中央に、蕾のように肉が重なり合っている。

そこから透明なしずくがあふれ、女芯のほうへとしたたっていた。

梨央が指を大きくひろげると、その蕾が割れた。女唇が口を開く。

(エッチできれいだ……こんなにヒダヒダだったんだ)

丈治はつばを飲みこんだ。ごちそうを目の前にしたように、次から次へとつばがあふれてくる。そして、分身のほうは恥ずかしいぐらいにみなぎっていた。

「ああん、丈治君の視線を感じちゃう……おつゆがあふれてヌレヌレなの。ねえ、丈治君、お願い、舐めてぇ」

「な、舐めて、いいんですか……」

女裂の眺めに圧倒されていて、丈治の思考は停止しかかっていた。うながされて、ようやく愛撫してもいいのだと気づくほど、眺めるのに夢中だった。

「そのために、この体位にしたんだから……待たせないで。して……」

梨央がまろやかなヒップを軽くふった。花弁からあふれたとろ蜜が糸を引いて垂れ、揺れながら落ちていく。

こらえきれなくなった丈治は、梨央の女裂にむしゃぶりついた。

「はふっ……舌が長いのね……はぁんっ。中に熱いのが入って、気持ちいいっ」

ペニスをしごいていた手がとまる。肩越しに丈治を見て、梨央は目を細めた。

丈治は舌を蜜壺の中に入れ、内奥を味わう。

口内に濃厚な愛液が流れこんできた。潮の香りが口と鼻の奥に満ちる。

「あんっ、舐めたら、元気になっちゃったのね……こっちも、がんばっちゃお」

梨央がペニスを半分ほど口に含んで、湿った音をたてて吸引する。

音がたつほどの吸引はペニスにかすかな振動をもたらし、丈治の背すじから頭の先まで快感でしびれていく。

「り、梨央さん、き、気持ちいいですっ」

「ふふっ。じゃあ、丈治君も私をもっと気持ちよくさせて……」

がむしゃらに舐めるだけでは、ドタキャンした不倫相手に勝てそうにない。

軽い敗北感を覚えながら舌を動かしていると――。

「丈治君の長い指で、私のあそこの中をやさしくかきまぜてほしいの……」

梨央がヒップを突き出し、誘ってきた。

(さっき指二本でオナニーしていたから、二本挿れても大丈夫そうだな……)

丈治は人さし指と中指を、梨央の淫裂にあてがった。

とば口がほろっとほどけて、指が簡単に吸いこまれていく。

愛液でしとどに濡れているせいか、挿入しただけで、ジュブッと卑猥な音がたった。

「んんっ、ひもひいいっ」

フェラチオをしながらしゃべられると、舌の動きが快感に変わって、それだけで射精しそうになる。さっき一度大量に射精していたのでこらえられたが、そうでなければ、また口内発射していただろう。

(おや。梨央さん、感じてる?)

双臀にうっすら汗が浮いていた。丈治の指を伝う愛液の、とろみも量も増している。

指をゆっくり抜き差しさせているだけだが、十分な快感を味わっているらしい。

「丈治君っ、お願いっ……中で指を曲げて……」

荒い吐息でそうせがまれ、丈治は言われるがまま指をかぎ状に曲げた。

「あふうっ……そ、そこがGスポットなの……私、そこが弱いのぉっ」

梨央の白桃が辛抱できないと言わんばかりに、淫猥な8の字を描いていた。

丈治は梨央の喘ぎ声が大きくなるポイントを探りあてると、指先でくすぐりつづけた。そのたびに白い尻が跳ね、したたる愛液は色濃くなっていく。

(性感帯でGスポットっていうのがあるって聞いていたけど、ここがそれか……)

教えてもらわなければ、どこにあるかわからなかっただろう。

詩織との初体験では、そこに触れもしなかった。

(こんなに感じるなら、もっとここをいじって、ほぐしてあげればよかった)

梨央と体を重ねている最中なのに、つい詩織のことを回想してしまう。

それでは、梨央に失礼だ。丈治は詩織への思いをふりきった。

丈治にレクチャーしている梨央をもっと感じさせるのが礼儀だ。

「あっ……中がすごく熱くなってきたの……上手よ、丈治君……あひっ」

右手で女壺をかきまぜながら、丈治は左手の親指と中指で女芯をつまんだ。

「はふっ。そ、そこ……いいっ」

——大事なのは経験じゃないの。どれだけやさしく触るかなのよ。

シャワーを浴びているときに、梨央が教えてくれた言葉を思い出した。

(やさしく……壊さないように)

力を入れず、女芯に触れたらすぐに指を離して、またすぐにくすぐった。

それをくり返すうちに、梨央のヒップの揺れが激しくなる。触れるたび、女芯は充血して芯が通っていく。

「じょ、上手……いいっ。すごく、よくなっちゃう……」

梨央はハァハァと肩で息をしながら、なんとかフェラチオをつづけようとするが、動きがとまっていた。

丈治は指をまっすぐにして、抜き差しのピッチをあげていく。

「か、感じちゃうっ。いっぱい指を動かされると、クリちゃんのせいで感じちゃう」

ついさっきまで余裕たっぷりだった梨央が、鼻にかかった甘え声を出していた。

美臀の動きはせわしなくなり、なにかを求めるように前後している。

丈治は梨央が求めるもの——Gスポットへの刺激を与えるべく、指をまた曲げた。

「ほおおおっ……ああんっ……すごい、いい、イクっ」

梨央が背すじを弓なりにして動きをとめた。

丈治の腰の横についていた梨央の膝がガクガク震えていた。

それでも、丈治は女芯への愛撫をとめない。

「ああ、もうダメ、もうダメダメッ……い、イクううう！」

絶叫とともに、梨央の女陰から蜜汁がどっとあふれ出た。

丈治は愛液で顔を濡らしながら、梨央が激しく達するさまを見つめていた。

「あふっ……ふう……」

梨央が脱力し、布団の上に転がった。

丈治は膝でにじりより、梨央の髪をなでる。

「……ありがとうございます、梨央さん」

目もとを桃色に染めた梨央が、瞳を丈治に向けた。

「ありがとうって……イカせてくれたのはあなたじゃない。お礼するのはこっちよ」

「いえ。俺は女性の体のこと、よくわからなくて……教えてくれたから、Gスポットの場所もわかって、梨央さんを気持ちよくさせることができたんです。だから、お礼を言いたいんです」

梨央が丈治の首へ両手をまわす。

そしてそのまま引きよせると、ふたりは濃厚な口づけを交わした。

歯列の隅から隅までを舐めまわす丁寧な愛撫をしあい、舌をねっとりとからめ合う。

「すっぽかされて頭にきたから、浮気しちゃおって丈治君を誘ったのに……でも私、すごくラッキーだったかも。丈治君みたいな男の子とエッチができて」

梨央は唇をはずしたあと、丈治の耳たぶを甘嚙みした。

「もう会わないかもしれない女なのに、やさしくしてくれて……本当にいい子」

細い指がへそまで反り返ったペニスをいとおしげになでまわす。

「ドタキャンした男より、ここが立派だし。すごく楽しめそう」

梨央が舌なめずりをした。

「立派って……俺は普通サイズより、ちょっと小さめですよ」

「丈治君、もしかして誤解してない？」

梨央がペニスをゆっくりしごきはじめた。

先走りと唾液で濡れた男根をくすぐられ、丈治は声を漏らした。

口淫もよかったが、指での愛撫も手慣れていてたまらない。

「ご、誤解？」

快感で腰をヒクつかせながら、丈治が返した。

「丈治君、普通のときのサイズは平均的でも、膨張したらすごく大きくなるタイプだと思うの。だって、触っただけでこんなになって……輪にした指がとどかないのよ」

丈治がペニスを見ると、梨央の親指と中指はくっつかずに離れていた。

「こんなに太くて長いの、私、はじめて」

「えっ。そ、それってまさか、俺のって……」

「そう、巨根。心あたり、なかったの？」

初体験のとき、コンドームはつけている最中にやぶけてしまった。

不慣れだから失敗したと丈治は思っていたが——。

しかし、梨央の言うとおり、ちょっと大きいのであれば、やぶれるのも納得できる。

「私もこんなに大きいの、はじめて……すっごい楽しみになってきた」

梨央が艶美《えんび》に微笑んで、丈治の腰の上に馬乗りになった。

下から見あげると、大ぶりのバストがさらに重量感を増して見えた。くびれた腰に、張り出したヒップ、そして知的な美貌……。

(梨央さん、すごくセクシーでやさしい人だ……こんな人にリードしてもらえるなんて、ラッキーすぎないか、俺……)

そこで、丈治ははっとした。阿久津がくれた「幸福切符」のおかげだろうか。

いままでこんな幸運が舞いこんできたことはなかった。

「もう、ぼんやりしないの。これからふたりでいっぱい楽しみましょ」

梨央が丈治の手を取り、たわわなバストへと導いた。

重量感たっぷりの乳房ははちきれそうに見えたが、触れてみるとやわらかい。ゆっくり指を動かし、綿菓子のようにふわふわした感触をたしかめる。

「ふふ。おっぱいを触っただけで、また硬くなっちゃって」

梨央が丈治のペニスを指でくるみ、そして腰をおろしていく。

「太くて長いのをたっぷり楽しみたいから……私が上になっちゃうね」

淫らな微笑みを浮かべたまま、尻をおろしていく。

つぷ……。

切っ先がたっぷり濡れた淫裂に触れた。

「やんっ、すごい……エラがすごい張ってる。こんなの挿れたら狂っちゃう」

梨央はそう言ったが、うれしそうだ。自分のペニスのことを言われるのは気恥ずかしいが、褒められているので悪い気はしなかった。

ついに切っ先が女唇を割り、膣の中に入っていった。

「あっ……も、もういっぱいになっちゃうっ」

梨央が背すじを反らせた。豊乳から汗が飛び散って、丈治の胸板に降りそそぐ。

丈治の感覚からすると、肉棒はまだとば口をくぐり抜けただけだ。

「り、梨央さん……俺のモノ、先っぽしか入ってないんですけど……」

おずおずとそう告げると、梨央が目を見開いた。

「嘘……これで先っぽなの？　丈治君、私、本気になっちゃいそう……」

梨央の蜜口がキュンキュン締めてきた。本能を刺激する動きをこらえきれず、丈治は手を双乳からきゅっと締まった腰へと移した。

「梨央さん、俺も本気になって動いていいですか……もう、がまんできなくて」

腰を突きあげると、ズニュッといやらしい音をたてて肉棒がのみこまれた。

それとともに、梨央が甲高い喘ぎ声をあげた。

「はぁんっ、す、すごいっ……な、なに、これっ」

丈治に貫かれたまま硬直していた。半ば開いた口の端からは、よだれがひとすじ垂れている。隙のない美貌の持ち主である梨央が、快感のために淫らに変貌していた。

梨央の肉壺もさらなる愉悦を求めて、ペニスを内奥に導くように蠕動《ぜんどう》している。

「ねえ、動いてっ、お願い……もっと、きてぇ！」

己の双乳をつかんでもみあげながら、梨央が丈治に懇願した。

丈治は梨央の同意を得て、本能のままに腰を突きあげる。

ズブブブブッ！

すさまじい音をたててペニスは突き進み、奥地へと到達した。

「はうっ……ひぃいいっ」

亀頭が内奥にあるコリっとしたものにあたる。

敏感な亀頭をそこでくすぐられ、丈治もまた小さなうめき声をあげた。女壺が男根を余すところなく味わうべく、四方から締めつけてきた。

「梨央さんの中が、指でしていたときより熱くなってて気持ちいいです」

「ううっ……丈治君のが奥の奥まできてるっ。子宮口を犯されてるっ」

子宮口……はじめて聞く言葉だ。

「そこにあたると、気持ちいいんですか」

「う、うん……すごく、いい……ふつう、簡単にあたらないのに。それが簡単にあたるのは、丈治君のが長いくて大きいから。ああんっ、気持ちいいっ」

梨央が腰をグラインドさせた。

ヌチュ……チュブ……。

結合部から粘り気のある水音が響く。そこに目をやると、淫裂からあふれていた愛液は、透明なものから白濁したものに変わっていた。

「み、見ないで……感じすぎちゃって、本気汁が出ちゃったの」

「ほ、本気汁……」

目《ま》のあたりにするのははじめてだ。女の人が本当に感じたときに愛液の色が変わるという知識はあるが、実際に見て、しかもその反応を引き起こしたのが自分だと思うと、信じられなくもあり、誇らしくもあった。

「ねえ、動いて……梨央のこと、思いっきり気持ちよくしてっ」

梨央の口調が変わっていた。甘えた声になり、自分を名前で呼んでいる。

(これが梨央さんの素顔なのかな)

さざえ堂ではじめて出会ったときの印象と、いま尻をふりながら快楽を求める姿のギャップに丈治は驚いていた。

「いいですよ……最初はゆっくりしますね……」

巨根だとしたら、急に動くのが怖くなった。

詩織がつらそうにしていたのは初体験だけでなく、その相手が巨根の持ち主だったせいかもしれない。丈治はゆっくり引き、またそろそろと押し戻す。

「あっ……ゆっくりされると……はぁっ……」

梨央は膝立ちでいたが、太ももから力が抜けて、腰が下りてくる。

「ゆ、ゆっくりも、ダメでしたか」

「違うの。エラが気持ちいいところをくすぐってるから、感じるの……」

尻が丈治の腰の上に落ちた。クチュッと音をたてて、淫蜜が飛び散る。

「はううっ」

梨央は双乳を握る手に力をこめていた。白い指の間から柔肉がはみ出て、さらに卑猥な姿となる。

その姿と、襞肉の動きが丈治の淫欲をそそり、体が勝手に動きはじめていた。

「ふうっ。はんっ、ちょっと動いただけで、子宮口にグリグリくるのぉ！」

梨央の理知的な相貌は汗で濡れ、ほどけた唇からは絶え間なく喘ぎ声が放たれる。

軽く腰を動かすたびに子壺の締めつけがきつくなり、丈治もささやかな動きではがまんできなくなってきた。

ズンズン……。

突きあげの振幅《ふれはば》が大きくなる。

「はひっ、ひっ、奥がすごい……はふっ、あふっ」

豊乳をもみしだいていた手を、梨央は丈治の胸の上に置いた。奥突きの快感で、体を支えられなくなったようだ。きれいにネイルされた指先が、丈治の肌の上で揺れる。

「梨央さんの中もいいです……奥も、どこもかしこも、エッチに蠢《うごめ》いてる」

丈治は梨央の細腰をかかえて、腰を大きくバウンドさせた。

高校以来運動らしい運動はしていないが、むかし鍛えていたおかげで梨央の重みをものともせず、腰を跳ねあげることができた。

「んんんっ……速いのぉ……もうっ、とろとろになっちゃうっ」

梨央が桃色に染まった顔を左右にふった。

丈治にまたがった太ももや、律動のたびにぶるぶると音をたてて揺れる大ぶりのバストにも玉のような汗が浮いていた。

結合部は大洪水を起こして、丈治の腰まわりは愛液でヌルヌルになっている。

「俺もとろけそうです……」

丈治は揺れるバストに手を伸ばし、下からもみあげた。

「あううっ……」

梨央が髪をふり乱し、身をよじった。

身もだえるたびに、梨央の縦長のへそが淫猥に前後している。初体験のときには見逃していた女体の多彩な反応を目のあたりにして、丈治は感動していた。

（女性の体って本当にきれいなんだ……どこもかしこも……）

そして、快感に悶えるたびに美しさが増していく。

もっと感じさせたらどんなふうに変わるのか——好奇心が頭をもたげた。

丈治はバストをもみながら、乳頭を人さし指でいじった。

「あんっ、んっ、そっちもいいっ」

下から突きあげをくらう梨央の口から垂れたよだれが顎まで濡らしている。

奥を連打され、感度があがっているようだ。梨央は貪欲に快感を求めて腰をいやらしくグラインドさせ、丈治の肉棒を蜜肉で攻めてくる。

(ああ、すごい……こっちもがまんできなくなってきた)

あまりにいやらしすぎる姿に、理性の抑えがきかなくなってきた。

巨根を思いのまま動かしたら、梨央は痛いかな——と、ちらっと思う。

しかし、もうそう言っていられない。射精への欲望が全身に充満していた。

「ほうっ、はうっ、あんっ、強い、強くていいっ」

逆ハート形の豊かなヒップを丈治はわしづかみにした。

結合を強めて、腰をグイグイ送り出す。

「太いのでいっぱい……あんあんあんっ」

ジュッ、チュルッ!

結合部からは濡れた破裂音が連続する。

梨央の蜜肉がまた締まったのか、丈治の亀頭が愉悦でまたふくらんだせいなのかわからないが、膣壁の感触をより強く感じていた。

「梨央さんに包まれて、俺もイッちゃいそうです」

丈治は快感に身をまかせて腰を上下させた。

あまりに強い突きあげに、梨央のセミロングの髪が宙を舞う。

襞肉がエラをくるむ感覚がたまらず、丈治もうめいていた。

「寂しかったの……抱いてくれるって約束だったのに……ひどい……あふっ」

快楽に酔いしれた梨央がそう口走った。

理性が吹き飛び、本音が出たのだ。丈治との行為に没頭しながらも、心のどこかでは不倫相手を求めている。

(梨央さんを悲しませた男のことなんて、忘れてしまえばいいのに)

つたない自分のテクニックでは、その男にはかなわないだろう。

でも、丈治には彼にないものがある。

「あの男より大きいの、気持ちいいですか」

梨央が驚くほどの巨根だ。これで、つかの間でも梨央の悲しみを吹き飛ばせるかもしれない。丈治は突きあげの勢いを強めた。

「うんっ、大きくていいっ。あの人より、ずっと、もっと、いいのっ」

梨央が体を支えていた腕から力が抜けていく。

丈治の胸に顔を預けて、つややかな喘ぎ声を漏らしつづけていた。

美臀は上下左右に動き、丈治のペニスからの愉悦を味わいつくそうとしている。

「いまだけでも、その人のこと忘れて、気持ちよくなってください」

「う、うんっ、忘れる……忘れさせてっ」

梨央は口を半開きにしたまま、白臀をしきりにふりたてる。

丈治はそのリズムに合わせて、腰をくり出しつづけた。

ペニスの先が梨央の子宮口を何度もノックする。

「さっきよりも子宮口があたる……気持ちいいです、梨央さん」

そうささやくと、梨央が「やぁんっ……」と手で顔を覆った。

「どうしたの。恥ずかしいんですか」

丈治はわけがわからず、狼狽した。

「感じると子宮がさがっちゃうの。丈治君のせいで体がすっごくエッチになってる」

女体の仕組みに驚きつつも、丈治の心は躍っていた。

「梨央さんのエッチな秘密を知られて、俺、うれしいです」

梨央が汗まみれの相貌をあげて丈治を見た。

せつなげに目を細め、口もとをほころばせる。

「そんなふうに言われたのはじめて。だって、あの人は自分だけよくなって終わる男なんだもの。褒めるのも、私の体は若いから最高だって、それしか言わなかった」

自分だけ気持ちよくなって終わるひどい男――。

丈治の胸がチクッと痛む。詩織とのとき、自分も同じようにふるまっていた。

「いろいろ教えてもらったお礼に、今日は梨央さんが好きなだけ感じられるように、がんばります」

「う、うれしいっ……」

梨央が丈治の唇を求めてきた。

唇が触れる前に、伸ばした舌がふれあい、それから口づけがはじまる。

その間も丈治はペニスを梨央のとば口ギリギリまで引き抜いて、そして一気に奥まで突き入れる振幅の大きな律動をつづけていた。

「むうっ、ふううっ、むうんっ」

重ねた口から、甘い声が吐息とともに流れてくる。

やわらかな乳房はふたりが重なったことでつぶれている。そのふわふわした感覚と、屹立した乳首のコリっとした触感が淫らで、丈治の欲望はまたふくらんだ。

「じょ、丈治君……体、起こしてくれる？　座るようにしてつながりたいの」

梨央の願いを受け入れて、丈治は体位を変えた。

「はぁううんっ。オチ×ポの先がいいところにあたるっ」

ゆっくりと上体を傾けると、ペニスの位置が少しずつ変わり、丈治と梨央の双方に快感をもたらしていた。

セミロングのつややかな髪は汗と快楽で乱れ、梨央の頬に貼りついていた。

顔だちが整っているだけに、梨央のそんなかすかな乱れすら男心をそそる。

丈治が上体を起こすと、結合がさらに深まった。

ペニスが奥の奥までとどき、子宮をグリグリ押しあげている。

「あふうっ、ふ、深い……く、苦しいっ」

梨央が眉をひそめた。

「苦しい……だ、大丈夫ですか」

慌てて聞くと、梨央が丈治の頬をそっとなでた。

「大丈夫。気持ちよすぎて苦しいの……丈治君はやさしいね」

巨根で苦しめたのではないとわかって、丈治はほっとした。

（気持ちいいのならよかった……安心して、思いっきり動ける）

丈治はまた尻をバウンドさせはじめた。

「ずっと子宮口に先っぽがあたって……すごくいいの。もっと、もっとしてっ」

梨央は丈治のペニスに酔いしれ、そのほかの場所に愛撫を施す余裕を失っていた。

「はうっ、いい、いいいっ、オチ×ポだけでこんなに感じられて幸せっ」

上にのった梨央の尻がせわしなく動く。

「おお……」

ちょっと動いただけでも蜜肉の愉悦がすさまじいのに、強烈にグラインドされると、その快感は倍増する。

丈治の背すじに寒気のようなものが走る。精が出たいと暴れまわっていた。

「り、梨央さん、お、俺っ、もうダメですっ」

放出をこらえにこらえる丈治の額は、汗で濡れていた。

「で、出ちゃうから、抜かないとっ」

「いいのよっ。抜かないでっ。中にほしいのっ」

丈治は腰を引こうとしたが、梨央は結合を深めたままだ。

「丈治君のモノから直接いっぱいそそがれたいのぉ！」

愛欲で潤んだ瞳が、丈治をのぞきこんでいた。

美女からこんなふうにせがまれて、拒めるはずがない。

「そ、そう言われたら俺、本気にしちゃいますよ」

「いいのよ。して……出して」

梨央が乳房を丈治の胸にこすりつけながら、ささやく。

丈治の陰嚢を伝ってシーツを濡らすほど、愛液はあふれていた。

梨央の大量の本気汁の匂いと、その感触、そして射精のゆるし――。

理性のくさびが壊れ、丈治は本能のままピストンを放った。

「あっ、あっ、あっ、息ができないっ。気持ちよすぎて、もうダメ！」

梨央は首を抱いて、暴れ馬のように跳ねまわる丈治からふり落とされないようにしていた。ふり乱れる髪と、口の端から垂れたよだれが宙を舞う。

年上の美女は快楽の奔流にもまれ、桃色の喘ぎ声を漏らしつづけていた。

「こっちも苦しいです……梨央さんの中にいっぱい出したくて、がまんできないっ」

ハァハァと肩で息をしながら、丈治もラッシュをかける。

陰嚢から尿道口まで、精液がたまっているのを感じる。

いますぐにでも射精できそうだが、丈治はこらえつづけた。

（せめて、梨央さんがもっとよくなるまで……）

バスッバスッバスッ！

腰を下から突きあげるので、重い音が響いていた。腰を打ちつけるたびに、梨央の白臀が波打つのがわかる。飛び散る汗と愛液のせいで、ふたりの間の湿度があがる。

「もう、ダメ。もうダメっ。若い子の腰遣いで、私、も、もう……イクぅ！」

丈治は出したい本能にあらがいながら、すさまじい勢いでラッシュをくり出した。

「はぁぁんっ。も、もうダメ、ダメダメ……変になるっ」

梨央が丈治の首を抱く腕に力をこめた。

それと同時にとば口と内奥がギュンと締まる。

「り、梨央さん……も、もう、出るっ」

丈治はグンッと強く腰を突き出すと、動きをとめた。

尻がぶるっと震るとともに、鈴口から白濁液がほとばしる。

「はふっ。熱いのがいっぱい……あっあああっ、い、イクイクイク、イッちゃうっ」

梨央は全身を痙攣させながら、膣内で牡の欲望を受け入れた。

今回も一度では放出しきれず、何度もくり返し膣内にそそがれていった。

「すごい量……あんっ、精液が熱くて、またきちゃう……」

梨央は双臀をヒクつかせながら、すべてを飲みこんだ。

「り、梨央さん、よかったですか……」

そう問うと、胸の上で梨央が顔をあげた。

「最高のセックスだったかも……」

かすれ声でそうささやくと、梨央は丈治の指に細指をからめてきた。

「身勝手な男にふりまわされて、その人にとって都合のいいセックスしていただけだったんだなって……丈治君としたら、わかった気がする」

丈治は梨央の手を握り返した。

「俺のは……違いましたか」

「うん。丈治君が私のために出すのがまんしてたのわかったもの。射精前に、私の中でオチ×チンがヒクヒクしてて、すっごく気持ちよかった」

経験豊富そうな梨央からそう褒められ、丈治は安堵のため息をついた。

「喉、渇いたよね」

梨央が身を離して、枕もとの水さしへと這っていく。

丈治の視界に、梨央の秘所が入った。情事で火照った媚肉の紅色と、女裂の隙間からあふれ出る白濁液が生々しくいやらしい。

（あっ……あそこから精液がいっぱい垂れている。ぜんぶ俺の精液なんだ……）

放出後の秘所をまじまじと眺めるのははじめてだ。

想像以上に卑猥な眺めに、丈治の喉が別な意味でも渇いていた。

梨央は水さしからコップに中身をそそいだ。そして、それをそのまま口に含むと、丈治のほうへ這ってきて――そのまま口を重ねる。

「むぐっ……んぐっ」

口移しで飲む冷たい水は、いままで飲んだどんな水よりも美味だった。

そして、唇を重ねたふたりはまた舌をからませはじめた。

もう二発出したというのに、丈治の股間はキスに反応し息を吹き返す。

「うふ……若い子は元気ね。二回も出したのに、まだ足りないの？」

梨央が挑発するように言って、ペニスを白い手でしごいた。

「梨央さんさえよければ……俺、もっとしたいです」

思いきって、たずねてみる。

「もちろん。その言葉、待ってたの」

梨央は布団の上で仰向けになると、腰の下に枕をさしこんだ。

「ねえ、私のこと、いやらしい女だって嫌いにならない？」

スタイルがいいので、長い足をM字に折り曲げて男を誘っても品がある。

しかし、股の間の眺めは淫猥きわまりなかった。色づいた淫裂と、そこから尻穴のくぼみを伝って布団の上に垂れる白い精液。色の対比が鮮烈で男の欲情を刺激する。

「いやらしいお姉さんは好きですよ」

丈治はペニスを軽くしごいて、淫裂に突き入れた。

「ひゃうっ。い、いい……太いのが最高なのっ」

梨央の姫貝は、目眩《めまい》がするほどこってりした男と女の欲情の匂いを放ち、ヒクつきながら丈治の巨根にからみついてくる。

「んん、おなかまできちゃうぐらい長いし太いっ。次の彼氏は巨根の子にしちゃお」

いたずらっぽい笑顔に、もう迷いはなかった。

「でも今日は、丈治君といっぱいしたいな」

とば口から、ドロッと白濁液とともに、半透明の愛液もしたたる。

梨央も丈治との行為に淫らな期待をしているのだと思うと、うれしくなった。

「いいですよ。眠くなるまで……思いっきりしましょう」

丈治はあてがった分身を梨央の中に一気に突き入れた。

「はああっ。一回しても、やっぱり慣れない……私の体が、丈治君のおっきいのでいっぱいになっちゃうのっ」

さっきは自分の分身に慣らすために、最初はゆっくり動いたが、今回は二度目だ。最初からピッチをあげて抜き差しする。

精液と愛液でたっぷり濡れた結合部は絶え間なく淫らな音をたてていた。

「匂いも、音も、丈治君もぜんぶいやらしいっ。こんなエッチ、はじめてっ」

梨央は結合部に指をやり、精液と愛液がまざったものをぬぐって舐めた。

それから指をフェラチオするように舐める。下半身からも交尾の音を響かせながら、自分の欲望液を舐める梨央の姿はとてつもなくいやらしい。

丈治は梨央の行為に触発され、指を結合部にやると、硬くなった女芯をグリグリこねまわした。

「ほっ……ほうっ」

梨央が背すじをのけぞらせる。ひとしきり指をめぐらせたあと、指先についた愛欲の混合液を梨央の両乳頭に塗りつけた。

ふたりの間に、発情の匂いがたちこめた。

「梨央さん、俺がこっちを責めるから……梨央さんはエッチなお汁がついたおっぱいを舐めてみてくださいよ」

丈治の言葉に、梨央はちょっとためらったが、頬を染めながら、たわわな乳房を自分の顔に近づけた。

「エッチね……丈治君ったら」

梨央は音をたてて、自分の乳房をすすった。

「エッチなことを教えてくれたのは梨央さんですよ。今日はたくさんお礼しますね」

耳を刺激する乳房愛撫の音にあおられて、丈治は律動を強めていった。

「あんっ。おっぱいもあそこも気持ちいいっ、ま、またイキそうっ」

締まりがきつくなっていた。

しかし、もう二回放出した丈治はまだまだもちそうだ。

明日の旅行日程もあるから、体力は残しておかなければ——と頭の片隅で思いつつも、年上の女性の痴態に溺れているうちに、丈治はそのことを忘れていった。

第三章　未亡人女将の手ほどき旅館

1

丈治が山形に着いたころには、もう午後になっていた。

猛暑で有名とはいえ、本当に暑い。駅のホームに降り立ったとたん、バックパックがあたる背中に汗が浮いてくる。

冷やしシャンプーや冷やしラーメンが発明されるのも納得だ。

東京の暑さとちょっと違うのは、コンクリート反射の息苦しさがなく、湿度が低いことだろう。暑いことは暑いが、カラッとしているのは東北らしい夏といえる。

丈治はホームにバックパックを置いて、腰を伸ばした。

会津若松を九時すぎに出て、そこから郡山で乗り換えて福島へ、そして奥羽本線《おううほんせん》に乗って山形まで。かれこれ四時間以上、電車に乗っていたことにになる。

(昨日の夜の疲れで、電車に乗ってる間、ほとんど眠ってたな……)

乗車時間をたっぷり取れるので、こういうときこそ本を読もうと小説を持ってきたのに、数ページ読んだだけで先に進んでいない。

そのうえ、寝てばかりいるので車窓の眺めすら楽しんでいない。

もったいないことをしたような気がしつつも、丈治の顔は自然ににやけてきた。

(だって、昨日の夜、あんなことしまくったんだから……)

昨日の濃密な一夜を思い返す。ふたりともへとへとになるまで体を重ね、そして最後は抱き合ったまま眠ってしまった。

梨央がアラームをかけていなければ、昼まで起きなかったかもしれない。

丈治が翌日の予定を話したのを梨央は覚えていたらしく、遅れないように起こしてくれたのだ。

旅館の座敷で朝食をとると、梨央は玄関で丈治を見送った。

梨央は連絡先を交換して別れるときに、

「次の彼氏が見つかったら連絡するから、楽しみにしていてね！」

と言った。
どうやら、不倫相手と別れる決意をしたようだ。
丈治もクラス会でのことを連絡すると約束した。
(俺はどんな連絡になるのかな……)
詩織のことを考えると、後悔とつのる思いが交錯する複雑な気持ちになる。
とりあえず、頭を切り替えよう。まずは昼食だ。
山形駅で新幹線入場券を買うと、新幹線のホームに入った。
新幹線のホームといえば高架にあるイメージがあるが、山形新幹線は違う。
在来線の線路を使っているので、新幹線の改札を通ると階段を降りることになる。
その階段の先には普通のホームがあるので、新幹線の駅ホームとは思えない。
(まさか、こんなところに立ち食いそば屋があるなんて……)
丈治の目的は、山形新幹線のホームにある立ち食いそば屋だ。外から中をのぞくと、
みやげ物屋に併設してあるようだ。売場の横のほうにカウンターとスツールがある。
ここには芋煮そば、という立ち食いそばがあるとネットで調べていた。
山形はそばもラーメンもおいしい麺類大国で、どこで食べようか丈治も悩んだ。
立ち食いそばがもともと好きなのもあって、丈治はご当地立ち食いそばともいえる

芋煮そばを昼食にすることにしたのだ。

(今日の夜は旅館で郷土料理が食べられるしな……)

レジで注文し、スツールに座る。

少し待って、芋煮そばと追加で注文した玉こんにゃくが出てきた。

そばは香りからして違った。具として牛肉が入っているので、ダシの匂いにまじって、すき焼きのような匂いがする。つゆは青森の濃い味に慣れている丈治からすると少し薄目だが、牛肉と里芋のコクのおかげで飽きない味だ。

そばのあと、山形名物の玉こんにゃくを食べてようやく腹が落ち着いた。

おなかも満たされたところで、また乗換だ。

今日の目的地は山寺《やまでら》といわれる立石寺《りつしやくじ》だ。そこへ行くにはここから仙山線《せんざんせん》に乗らなければならない。軽食の時間も計算に入れていたので、予定どおり動けそうだ。

——芋煮そば食べた。旅は順調だ。

阿久津にそうLINEを送る。

——ホームの駅そばはやっぱりいいよな。

阿久津は関東の廃線をめぐる旅に出ていて、今日は群馬を中心に動く予定らしい。

——高崎《たかさき》の駅そばもよかったぞ。

ホームでそんなやりとりをしているうちに、電車がやってきた。繁忙期だけあって仙山線の乗客は多かった。客ですぐに座席は埋まり、通路の半分ほど人が立ち並んでいる。

さすが、夏祭りの季節だ。

山形の花笠《はながさ》まつりは明日から、仙台《せんだい》の七夕《たなばた》まつりは明後日からだ。祭り目当てで少しはやめに東北へ来て、周遊している客が多いように見える。

——花笠まつりは見ないのか。

阿久津からＬＩＮＥがきた。

——最終日にねぶたを見るから、それでいいよ。

青森の人間は、ねぶた至上主義だもんな、という返信がきた。

本当は阿久津と祭りや駅そばの話をしたくてＬＩＮＥを送ったわけではなかった。

（あの「幸福切符」のことを聞きたいんだけど……）

あの切符を持ったとたん、旅先で素敵な女性と一夜をともにできたとか、そういう効験があるのか、と阿久津に聞きたかったのだ。

（こんなこと話したら、モテ自慢かって怒られる。昨日はただ運がよかっただけだ）

丈治はスマホをしまった。

車窓からは濃い緑のグラデーションがついた山の連なりが見える。

山寺駅についたときは十五時をすぎていた。

和風建築を模した駅舎の写真を撮り、周囲を見まわす。

駅前を流れる川の音が涼やかだが、やはり暑い。

丈治はタオルを首にかけて、顔を流れる汗を拭いた。

門前町を通りすぎて、登山口へとたどり着く。

山頂のほうを見あげると、木々の間から石造りの階段や、寺院、風雨にさらされ錆色になった巨岩が目に映る。

（こりゃ拝観というより、ほんと、登山って感じだな……）

丈治は拝観前にスポーツドリンクを買って、バックパックのポケットに入れた。

水分補給をしながら登らないと、熱中症になりそうだ。

芭蕉像を通りすぎてしばらく歩くと、葉を茂らせた木々に囲まれた山門がある。

そこからは千段ある石段が待ち受けている。

丈治は気を引き締めて足を進めた。

2

丈治が予約していた宿に到着したのは、十九時をすぎたころだった。

会津若松では気ままに宿泊しようとして失敗したが、山形以降の日程ではすべて宿泊先は予約ずみだ。東北出身ゆえ、この季節の宿泊施設の予約がいかに取りにくいかわかっている。初日くらい大丈夫だろうと高をくくった結果、慌てる羽目になったが、今後は大丈夫だ。

（時期が時期だし、宿泊費が高かったらゲストハウスにしようと思っていたけど、手ごろな旅館があってラッキーだったな）

山形も花笠まつり直前なので、高くなっている時期だ。しかし、丈治は観光協会のホームページで運よく旅館を見つけた。

この宿が観光協会のホームページに載せていたのは宿名と電話番号だけだった。いまどき、ホームページもない宿というのも珍しいが、そこで提示されていた値段は、大学生がちょっと背のびすれば泊まれる金額だ。

ホームページがないので、高齢の夫婦が経営しているのかと思っていたが、電話をすると、若い女性が応対に出たので丈治は少し驚いた。

宿は駅から歩いて十五分くらいのところにあった。

建物は小さいが、板塀で囲まれており、門から中に入ると打ち水をした石畳がある。

(わりと安いから予約したけど……高級そうな雰囲気だ。間違ったかな)

丈治がおずおずと引き戸を開けると、和服姿の女性が出迎えた。

「山本様ですね。よぐござったなっす」

楚々としたしぐさで、あがるように促した。

「まず方言でおもてなしをしたくて、最初は訛ったままお迎えするのですよ」

「ありがとうございます。いいですね、そういうの」

スリッパをはいてから、周囲を見まわして丈治は驚いた。

ロビーにはピンク色の公衆電話、そしてブラウン管のテレビが置いてある。画面の横にダイヤルがついているテレビの実物を見るのは、はじめてだ。

建物は古ぼけているが、隅々まで掃除が行きとどいているために清潔感があった。

「これから、お食事にいたしますね。お荷物、お持ちいたしましょう」

宿泊カードに記入後、女将が先を歩いて部屋へと案内する。

「混雑している時期に予約できて、ラッキーでした」

「山本様は特別なお客様ですから」

女将が微笑む。

「特別って……俺は普通の客ですよ」

「切符を持って旅をなさっている方は、特別なのですよ」

(切符……ああ、青春18きっぷのことか)

もしかしたら、予約時に青春18きっぷでの東北旅行と話をしたのかもしれない。

そう思いつつ、廊下を女将のあとをついていく。

磨きあげられた床板は黒く光っていて、歴史を感じさせた。

部屋は昨夜泊まったところよりも狭かったが、必要なものはすべてそろっていた。

座卓や茶托《ちゃたく》、ポット。旧式のエアコンからは心地よい風が出ている。

日が落ちて少し気温がさがったとはいえ、まだ暑い。エアコンはありがたかった。

(ご飯を食べたら、今日ははやいところ寝よう)

情事の疲れで腰が、山寺拝観でふくらはぎがパンパンだ。

丈治が浴衣に着替えたところで、お膳が運ばれてきた。

ひとり用の鍋の下にある固形燃料に火が入れられ、鉄鍋がグツグツと音をたてていた。芋煮ができるまでの間、だだちゃ豆や、山形名物の漬物を食べる。

喉が渇いていたので、丈治はビールを頼んだ。

「暑くて驚かれたでしょう。山形は楽しまれましたか」

女将がビールをそそぐ。

地元のビールだろうか。あまり見慣れないラベルだ。

苦味が強いので最初は驚いたが、それがだだちゃ豆の濃厚な味によく合っていた。

「ええ。今日は山寺を見物してきました」

東京にいたとき、こんなふうに女性と気後れせずに会話していただろうか。

昨日の出会いが、確実に丈治の自信につながっている気がした。

「お暑いなか、山寺はお疲れになりませんでしたか」

「足が少し疲れたけど、いい運動になりました」

ビールがあくと、女将がさりげなくそそいでくれる。

「楽しまれたようで、よかったです」

「山寺って本当に昔のままなんですね。切り出したまま大きさをそろえられてない石段を登っていると、タイムスリップしたような気分を味わえました」

「タイムスリップ……そうですね、そういう楽しみ方もありますよね」

話をしながら、丈治は女将がしっとりとした色気のある女性だということに気づいた。肌は透きとおるほど白く、切れ長の目は長いまつ毛で縁取られている。結いあげた髪は漆黒で、漆塗りの櫛のつやが彩を添えている。

「旅館に来たら、ふだんの生活から離れて、ゆっくりなさってくださいませね」

「そうですね。ひとり旅ってはじめてなんですけど、いつもの時間の外にいるようで楽しいです」

落ち着いた藤色の着物が、女将の白い肌によく似合っていた。

(近くで見ると、梨央さんとはまた違ったタイプの美人だ……)

女将はどこか寂しげで、放っておけない雰囲気を醸し出している。左目の下にある小さな泣きぼくろがそう思わせるのかもしれない。

「よい思い出がたくさんできるといいですね。思い出は宝物ですよ。私の宝物はこれです」

女将が帯からなにかを取り出した。小さな肌色の切符——。

「幸福切符」だ。

「主人と旅行したとき、思い出に買ったものです」

女将は、いとおしそうに切符をなでた。

丈治は偶然に驚いて、女将の手もとに見入っていた。

「それ、俺も持っているんです」

「ええ、そうだろうと思っていました。だから、特別なお客様なのですよ」

丈治は首をかしげた。この切符の話は、予約のときにした覚えはない。

「夕食を召しあがったら、お風呂へどうぞ。ここは源泉百パーセントですから、疲れにもよいのですよ」

「も、もちろん、そのつもりです。お風呂も楽しみで」

丈治は口ごもりながら答えた。

なんで女将は丈治がこの切符を持っていると知っているのだろうか。

そんなことを考えながら飲んでいるうちに――。

酔いはいつもより、はやくまわった。

食事が終わり、女将がお膳をさげたころに、丈治の瞼は重くなっていた。

3

(しまった。ご飯を食べて休憩するつもりが、ぐっすり眠ってしまった)

丈治は起きて驚いた。畳の上でごろ寝していたはずが、布団の中にいたのだ。

眠りこけている丈治を、旅館の誰かが布団の中に入れてくれたらしい。

時計を見ると、夜十一時だった。この旅館は客がチェックアウトしたあとに清掃をするのか、浴場は夜どおし使えるようになっている。

昼間にかいた汗と、寝汗で気持ち悪い。

(お風呂に入ってから、もうひと眠りするか)

丈治はタオルと洗面用具を持って、薄暗い廊下を歩く。旅館は天井の蛍光灯のジーッという音が響くほど静かだ。窓の外からは虫の声が聞こえる。

大浴場は一階の奥にあった。まだ目が覚めきっていない丈治は、大あくびしながらのれんをくぐった。

脱衣場のかごはほとんどが伏せてあるが、ひとつだけ使われており、脱いだ服はタオルで隠されていた。

(先客がいるんだな)

チェックインのときから、ほかの客と顔を合わせていないことに丈治は気づいた。

不思議なこともあるものだと思ったが、偶然だろう。

この時期、ほかの客がいないほうがおかしい。

(汗を流したら、また寝よう……)

かけ湯をして、頭と体を洗った。
先客は露天風呂のほうにいるのか、内湯には姿がなかった。
(旅館の楽しみは露天風呂だよな)
この温泉地は歴史が五百年以上あるらしい。
湯治場として栄えたということは、温泉の効能は折り紙つきなのだろう。
内湯から外に出ると、生垣に囲まれた露天風呂がある。
夏だというのに、なぜか湯気がたちこめていて、先客の姿は見えない。
肩まで湯船に入ると、心地よさに声が出た。
温泉は透明で、かすかに硫黄の匂いがする。
頭にタオルをのせて、露天風呂のふちに背を預ける。
(足の疲れはあるけど、腰は意外と疲れてない……ひと眠りしたら回復したな)
列車に乗りつづけたので尻は痛いが、昨日酷使した腰はそうでもない。
露天風呂はぬるめで、じっくりつかっていられそうだ。
丈治は目を閉じ、昨夜のことを思い出していた。
(本当にすごかった……夢みたいだったな)
詩織との一夜も新鮮で初々しく——そして痛々しい思い出ではあったが、梨央とのはまるで違った。

互いに快楽を求めて、ひたすらお互いの体を堪能した。

(ああいう体験は、一生のうち一度くらいだろう)

そんなことを思っているうちに、梨央の膣内に男根を突き入れた感覚が生々しくよみがえってきた。

温泉の熱だけでないものが、腰のほうに集まってきている。

「あっ、やばいっ」

丈治は腰を見て、思わず口走ってしまった。

分身がみるみるうちに充血し、猛々しい姿に変わっていた。

いくら男風呂とはいえ、こんな状態になっているのは他人に見られたくない。

「頼む、おさまってくれ」

湯の中の勃起に語りかけるが、いきりたった男根は言うことを聞きそうにない。

丈治がため息をついたとき——。

「あら……お客様……ここにいらっしゃるなんて……」

湯気の向こうから、聞き覚えのある声がした。

一陣の風が吹き、温泉の上にたなびいていた湯気が消えた。

先客は女将だった。

「えっ、あっ、女将さん、どうして……」

丈治は股間を手で隠した。自分が勝手に興奮したのを棚にあげて、透明な泉質を丈治はうらめしく思った。このままではいきりたった男根が女将からまる見えだ。

「あら。山本様、どうなさったのですか……ここは女湯ですが……」

女将は困惑している。

「えっ、お、女湯……俺はてっきり男湯だと……」

そういえば、のれんをくぐるときに大あくびしていて、たしかめなかった気がする。

温泉につかってあたたまった体から、いやな汗が出る。

この状況では、のぞきと言われても言い訳のしようがない。

「女将さん、俺はそんなつもりなくて、ま、間違ったんです。本当ですっ」

丈治は肩までお湯につかったままペコペコ頭をさげた。

走ってこの場を逃げたいが、ここで立ちあがれば女将にすべてを見られてしまう。

逃げ出したら、それこそ下心があったと間違いなく誤解されるだろう。

（ええっと、見られないようにお湯から出るには……）

青森の酸ヶ湯《すかゆ》温泉のように乳白色の湯だったら下半身を隠せたのだが、この透明度では無理だ。

女将さんが近づいてくれれば、天を衝く男根が目に入ることは間違いない。

（タオルで隠すか……）

しかし、タオルをお湯に入れるのはマナー違反だ。

それを温泉旅館の女将の前でする度胸は、丈治になかった。

（こうなったら……）

丈治は女将の声に背を向けるようにして、湯の中をそろそろ移動した。

が、移動しているうちに、視界に異変が起きた。

チカチカと目の奥が明滅して、画素数の粗い画面を見ているようになっていく。

しかも、画素数が粗くなるとともに視界から色が抜けていく。

（こ、これは……）

丈治はのぼせていた。疲れ、寝不足、アルコール、長湯、さまざまな条件が重なったようだ。とどめになったのは、女湯と男湯を間違って慌てたことだろう。

そんな分析を冷静にしながら、体がゆっくり斜めになっていく。

腕から肩、肩から顔が湯につかっていった。

（やばいっ……このままだと溺れる……）

しかし、もう体の自由はきかなかった。耳鳴りがして、視界が黒に変わっていく。

頭が湯の中に沈みそうになったとき、白い手が丈治の頭を支えた。

「お客様、大丈夫ですか」

女将がうしろから抱きかかえてきた。

背中に羽毛枕のようにやわらかい双乳があたる。

着やせするタイプだったのか、紡錘形の乳房は思ったより大きかった。

「のぼせられたのですね、しっかりしてくださいな」

重いのにすみません、女風呂を男風呂と間違ってすみません、なによりあなたの裸を見てしまって、しかも背中におっぱいをあててもらってすみません……。

ぼんやりとしながらお詫びをしようとするが、丈治は話す気力すらない。

「私の肩に手をまわしてくださいな。では、あがりましょうね」

丈治は女将の力を借りて浴槽からあがると、露天風呂わきの石畳の上で横になった。

女将はタオルをたたんで枕がわりにすると、丈治の頭の下に入れた。

「お体にかけるタオルや、冷やすためのものを持ってきますから、このまま待っていてくださいね」

背中を向けて歩き出す女将のうしろ姿を、丈治は朦朧《もうろう》と見ていた。

まるみのある双臀はやわらかそうで、まるで山形の桃のようだ。

（まったく……こんな状況でなにを考えているんだ、俺は）

湯から出て、風にあたると体が冷えてきた。石畳が体温をさげてくれている。

横になって動かないでいるうちに、血の気の引いた頭がはっきりしてきた。

（動ける……かも）

起きあがろうとしたが、まだふらつく。

まだ動けないことに落ちこんだ丈治の視界に、思いもかけぬものが入った。

（う、嘘だろ！）

湯あたりしているというのに、股間のものは隆々としたままだ。

これを女将さんに見られた……。

もしかして、女将さんはバスタオルを取りに行くといって、人を呼びに行ったのかも。誤解をとくにはどうしたらいいか考えたいが、頭には霞がかかったままだ。

「山本様、お待たせしました」

バスタオルを巻いた女将が、桶とタオルを数枚持ってきた。

丈治の横で膝をついて、まず股間にバスタオルをかけた。

（人を呼ぶかと思ったら、ひとりだった……）

いかつい板さんあたりにどやされるのを想像していた丈治は、胸をなでおろした。

女将は手慣れた感じで桶に入ったタオルを次々に絞ると、丈治の両わきに挟んだ。

それから別のタオルを首のうしろにあてたあと、最後のタオルを額の上にのせた。

水で絞ったタオルが体の熱を吸い取っていく。丈治は安堵の息をついた。

回転し、画素数の落ちていた視界がもとに戻っていく。

「女将さん、す、すみません……俺、本当に間違っただけで……」

体温がいくぶんかさがったのか、丈治は言葉が出せるようになっていた。

「そうだと思っていました」

「のぞきじゃないんです……本当です」

「わかってますよ。のぞきの方は……お風呂に入りませんから。隙間から見るのを楽しまれるのですよ」

女将が安心させるように微笑んだ。

長い黒髪をクリップでとめ、白い肌をバスタオルで巻いただけの女将からは、熟れた色香が漂っている。男好きのする相貌に、はかなさが漂う風情である。

女将によからぬ思いを抱いた客がよくのぞきをするので、慣れっこなのだろうか。

「もう、大丈夫ですから……だから、落ち着いたら、ひとりで部屋に戻ります」

丈治は女将を見ないようにして言った。

そちらを見ると、バスタオルからこぼれそうな白乳や、深い胸の谷間が目に入る。

これ以上、股間が反応したら致命的だ。

(のぼせも落ち着いたし、こっちも……ってまだ……!)

頭は冷えてきたのに、股間の血流はいまだ維持されていた。

興奮しきった状態のまま、青筋を立てて反り返っている。

「お、女将さん、す、すみません……本当に、もう大丈夫なので……」

女将は丈治の額のタオルを取って冷水ですすいで絞ると、また額にのせた。

「おかげんの悪いまま、お部屋に帰らせるわけにはいきません」

と、丈治の股間に濡れたような瞳をそそぐ。

「……お客様のおかげんが悪いのは、ここに血がたまりすぎたせいかもしれませんね。ぐあいがよくなるようにお手伝いしましょう」

思いもかけぬ言葉に、丈治は言葉を失った。

(いやいや、聞き間違いだ。女将さんがそんなことを言うはずがない)

のぼせたせいで、変に聞こえたのだと丈治は思ったが——。

「私のお手伝い、おいやですか……三十六歳だから、年上すぎるものね」

女将が丈治を見つめて、そうつぶやいた。瞳は揺れ、ほつれたまとめ髪が頬にかかっているせいで、さらにはかなげに見えた。

「いやじゃないです。年齢もぜんぜん気になりませんっ」

楚々とした和服姿を覚えているだけに、肉感ある裸体や丈治の体を慰めようという申し出とのギャップで丈治は興奮していた。

「よかった。お客様は私にとって特別なお客様なのですよ……」

そう言って、女将は丈治のバスタオルを取りのぞいた。

「これだけふくらんでいたら、おつらいでしょう」

女将が丈治の剛直の根本をつかんで、輪にした指でしごきはじめる。

「おっ…おおっ……」

経験を感じさせる指づかいだ。ただ手を上下にさせているだけなのに、丈治はあたたかな膣内に包まれているような快感を味わっていた。

ジュワッと先走り汁が湧き、亀頭を濡らしはじめる。

「お若い方は、とってもお元気……いま、慰めてあげますね」

女将が紅の唇を開いて、肉傘を口に含んだ。

ジュルルルッと上品な口もとから卑猥な音をたてて、丈治の巨肉を根元までのみこんだ。少し苦しげに眉根をひそめるのがなまめかしい。

「おおう……い、いいですっ」

丈治は視覚からの刺激と、口淫の快感でうめいた。

「力をお抜きになって……」

女将が指で根元をキュッキュッと締めながら、口で抜き差しさせる。頭をリズミカルに上下させながら、舌の腹で肉竿をくるむ技巧は男の欲情を刺激する。丈治の腰が次第にヒクつきはじめた。

「す、すみません、女将さんにこんなことさせちゃって……」

女将が唇をはずして、丈治を見た。

筒先と唇が唾液の糸でつながっていて、淫靡な眺めだった。

「女将さんだと寂しいわ……燈子《とうこ》って呼んでください」

「と、燈子さんっ……すごく、気持ちいいですっ」

丈治は素直に口走った。

「んふっ……お客様を丈治さんって、お呼びしてもいいですか」

口淫の合間に燈子が聞いていた。

「も、もちろんですっ、あっ、おおっ」

ジュブジュブッ。

女将の――燈子の頭が規則的に上下し、丈治の肉棒を責めたてる。

さっきまでのぼせて目眩に苦しんでいたのに、口淫がはじまったとたん、熱はすべて燈子に吸い取られたのか、頭がはっきりしてきた。

(やばいっ。フェラしている燈子さんがきれいすぎて、ますます興奮してきた)

頭が動くたびに紡錘形の乳房が揺れ、胸もとをとめていたタオルがほどけていく。タオルの上からチラチラと顔を出す豊乳が男の欲情をそそった。

丈治は手を燈子の胸もとへと手を伸ばす。

「俺も触っていいですか」

燈子はゆっくりうなずき、自分からバスタオルの端をつかんではずした。すると、水滴のようにふくらんだ乳房がこぼれ出る。

白い乳房にはうっすら静脈が浮き、乳頭はワイン色できれいな形をしていた。

昂りは股間の熱へと変わり、口淫されているペニスが燈子の口内で跳ねた。

「むっ……ふううんっ」

燈子はうっとりした表情で首をふりながら、頭を上へと動かしていく。

熟女が見せる淫らなフェラチオに、丈治はすさまじく興奮していた。

揺れる白乳に手を這わせ、乳頭をきゅっとつまむ。

「ふううぅんっ」

燈子が流し目を丈治に送ってきた。

濡れた瞳は、もっとしてほしいと物語っている。

丈治は両手を豊乳に伸ばし、それぞれ乳頭をつまんだ。

「おふっ」

燈子のたわわな尻が揺れた。

そこで丈治は乳房だけでなく、燈子の全身に目をやった。

透きとおるように白い肌が宵闇のなか、光っていた。体のラインは理想的な曲線を描き、豊満な乳房と張り出したヒップの間のウエストはほどよくくびれている。

（抱き心地のよさそうな体だ……）

そんなことを男に思わせる、脂ののった肢体だ。

この体を組み敷いて、思いのまま突きまくりたい――そんな妄想が頭をよぎる。

いままで抱いたことのない嗜虐的な欲望に、丈治は驚いていた。

（女将さん――燈子さんを見ていると、変な気持ちになる……）

自分の変化に驚いたせいか、丈治は乳首を少し強くひねってしまった。

「むふうっ」

好色な反応が返ってきた。

大ぶりのヒップが左右に揺れ、口淫のため上下していた頭のピッチがあがる。

(たぶん、痛いから声が出たんだよな)

やさしく女体を扱うすべを覚えたばかりだというのに、また詩織とのように乱暴に扱ってしまい、丈治は失敗したと思った。しかし――。

「い……いいっ」

唇を男根からはずした燈子は、とろんとした目で丈治を見ていた。

横座りで、ぴったり合わせられた太ももを見ると、お湯よりも粘り気のあるものでたっぷり濡れている。

(えっ……燈子さんって、まさか……)

丈治はまた弱い力で愛撫していたが、燈子がその手に自分の手を重ねてきた。そして、乳頭を挟む親指と人さし指の上から指を重ね、力をこめてくる。

乳頭は薄くのび、見ているだけで痛そうだ。

「お、女将……いや、燈子さん。ダメですよ、こんなの……」

「あんっ……き、気持ちいいわ……」

燈子のため息がペニスにかかった。

酩酊したように目じりをさげた燈子が、頬にほつれ髪を垂らしたまま喘ぐ。

太ももから漂う女の香りがどっと濃くなった。

「丈治さん、おわかりでしょう……私、少しいじめられるのが好きなの……」

いわゆる、Mっ気のある女性ということだろうか。

昨日はお姉さんふうの女性と、今日はMっ気のある女性とこうして体を合わせている。上京して二年間、女性に触れることすらなかったのに、この旅行では思いもよらないような経験を連日している。

（いったい、どうなっているんだ）

狐につままれたような気分だ。

しかし、股間からの快感は、それが夢ではないと教えてくる。

乳頭に痛みを与えられ、興奮した燈子の上下動が速くなる。

「おおっ……そんなに速くされたら、俺ももう……」

昨日たっぷり性交していても、女性が変わるとこうも興奮できるのかと丈治は驚いていた。股間は疲れなどまったく感じていないように硬くなり、射精に向けてヒクつきはじめている。

「ひひです……だひて……おふちに……」

燈子のクリップがほどけ、漆黒の黒髪がいくすじか顔にかかる。

動くたびに揺れる髪のせいか、泣きぼくろのある目もとがさらにムンっとした色香を放っているように見えた。

（ああ……こういう人の口を犯してみたい……）

丈治は自分の中に芽生えた嗜虐心に驚きながらも、それに身をまかせつつあった。

指先に力を入れ、ダイヤルをまわすように左右に乳首を動かすと、燈子がつややかな声で泣いた。

「ん……んんっ……」

ジュッボジュッボジュボ……！

燈子の口淫の熱が増す。

熟練した舌の動きと、新しい性の世界の入口に立った興奮から、丈治は限界を迎えていた。鈴口がふくれあがり、陰嚢がきゅっとあがる。

「出ますっ……出るっ」

丈治は乳頭から手を放し、燈子の頭をかかえる。

すると、燈子のほうから頭をグイグイ下に押しつけてきた。

（それだと、喉の奥にあたって苦しいんじゃ……）

丈治は心配したが、根元まで口に含まれた快感は格別だった。

巨根だけに、これだけ深くくわえたら息ができないのでは、と心配になる。丈治はこの状態で射精したくなかったが、もうがまんの限界だった。

「もう、無理です……おおおっ、出るっ」

丈治は石畳の上で腰をヒクつかせながら、燈子の口内に射精した。

ドピュッ……！

今日もまたすごい勢いで噴出していた。

しかも、一度では終わらない。大量の若精を、燈子は喉を鳴らして嚥下《えんか》した。

すべて飲みきったあと、小指の背で唇をなでて、そこについていた白濁をぬぐう。

そのしぐさがなまめかしくて、吐精したばかりなのに、丈治の股間にまた血流がみなぎりはじめていた。

「丈治さん、私、いけない女将です……体に火がついてしまいました」

燈子が石の床に尻をつくと、左右に膝を開いた。

みっしりとした陰毛で覆われた三角地帯の下、縦すじには透明な蜜汁があふれて、たっぷり濡れている。きらめく秘所は、男の慰めを待っているようだ。

「もし、よければ……丈治さんの逞しいのを、私の中にくださいませ……」

やはり恥ずかしいのか、燈子は顔をそむけたまま言った。

ボリュームある太もも、むっちりした肉まんじゅう、熟れた女性の美となまめかしさを目のあたりにして、若い欲望はふくれあがっていた。

「お、俺で、いいんですか……」

丈治はペニスをしごきながら、そうつぶやいた。

「主人が亡くなってから、ひとりでがんばってきたのですが、やっぱり寂しくて……ひさしぶりに大きなのを見たら、主人に抱かれたときのことを思い出してしまったのです」

燈子はまた湯の中に入って、露天風呂のへりに手をついた。

そして、足を軽く開けると指を秘裂にあてがい、左右に開く。露天風呂を照らす薄明りでも、そこが濡れて、男を迎え入れる準備ができていることが見て取れた。

「うしろから、逞しいので突いてほしいの。あの人みたいに……」

その言葉に導かれるように湯に入り、男根をしごきながら燈子に近づいていく。

「前戯なんかいりません……主人のように、太いのでいきなり突いてっ」

燈子が寂しげだった意味がようやくわかった。そして、それを埋めるものを求めていたのだろう。丈治は寂しさにつけ入るようで気がとがめたが――燈子の哀願と誘惑を無視する忍耐力はもうなかった。

「じゃあ、望みどおり、いきなりいきますよ……」

たっぷり濡れた蜜口に肉竿をあてがうと、丈治は腰を強く送り出した。

「ふおっ……ああ、い、いっぱい……いい、いいのっ」

ミチミチミチ……！

ひさしく男を迎え入れていなかった未亡人の秘所が再開通した。閉じたままだった肉道が、巨根によって押し開かれていく。

ほかの従業員や、客が来やしないかと丈治は気が気ではなかったが、燈子は来ないので安心してほしいと言った。

「温泉でするなんて……俺、はじめてで、すごく興奮しちゃいます」

燈子が露天風呂のへりに手を置いて尻を突き出し、丈治が豊腰をかかえて背後から貫く。律動するたびに、膝までの深さの湯がちゃぷちゃぷ音をたてた。

「ふふ……お外でするの……私も好きなの……主人とはお客様のいないときに……」

燈子が流し目を送る。

大人の女の色気に、背すじがゾクッとした。

（すごくエッチなご夫婦だったのかな。露天風呂でしていたなんて）

肉竿を抜き差しさせながら、丈治は燈子の乳房をもんだ。

重みのある双乳はペニスが突き入れられるたびに音をたてて揺れる。

その中央にある乳房の蕾は少し大きめで、いじりがいがあった。

「若い方のも素敵だわ……ああんっ、私……」

湯気に包まれながら、燈子が背すじを波打たせた。

快感が走るたびに豊腰がクナクナ揺れ、張りのあるヒップがなまめかしく動く。

女将の膣肉は四方から丈治のペニスを包み、内奥へと導くように蠢いた。

「燈子さんのなかも素敵ですよ……熱くて、締まりがいい」

丈治は手を腰から尻へと移動させ、双臀をかかえた。

ふくよかな尻の感触を楽しみながら、律動のピッチをあげる。

足下と燈子の秘所から水音がたった。

「あそこがピチャピチャ音をたてて、エッチです」

丈治は身を乗り出して、燈子にささやいた。

「あんっ……」

耳に息がかかり、燈子がうっとりと頭を上に向ける。

締まりがまたよくなった。

蠕動するような膣肉の動きは、ため息が出るほど気持ちがいい。

熟れた体の反応に、若者は没入していった。

「丈治さん、お、お願いがあるの……」

快感に頰を染めながら、燈子が切り出した。

「な、なんですか」

丈治は蜜壺の感触に気を取られながら答える。

「私の……私のお尻をぶって……ぶってほしいの」

意外な申し出に、丈治は抜き差しをとめた。

「お尻をぶつなんて……そんな痛そうなこと、できないですよ」

ああんっ……んんっ、と燈子はせつなげにうめくと——。

自分の手のひらで、白桃を軽くぶった。

「あひっ。いいっ」

悲鳴とともに、とば口がぎゅんと締まる。

「うぉっ」

声が出るほどの愉悦に、丈治はうめいていた。

「たたかれながら、犯されたいのっ。お願いっ」

燈子の哀切な声に、丈治は驚いた。

梨央から、女体を大事にすることを教わったばかりなのに、今度はその正反対のことを要求されている。

「た、たたいたら、お尻が痛いですよ」

「違うのよ、丈治さん……たたいてってお願いできるのは、安心して身をまかせられる人なの。あなたにそうしてほしいの」

燈子が結合したまま、尻を丈治のほうへと突き出した。

グニュッと音をたてて、ふたりの結合が深くなる。丈治の長大なペニスを奥深くまでのみこんだ淫裂からは、白濁した本気汁があふれていた。

「いまでも十分、感じてるのに……」

「女はね、いろんな感じ方があるのよ……だから、たたいて……」

燈子は自分から腰をグラインドさせ、尻で卑猥な8の字を描く。

そうしながら、細く白い指をそろえて、自分の豊臀をぶった。

パチッ、パチーンッ！

尻をぶつ音が、星空に吸いこまれていく。

たしかに、燈子がたたくたびに膣肉の蠕動が強くなり、快感は増していた。

（普通にバックでしているだけでもいいのに、もっとよくなるのなら……）

丈治の心は新たなプレイへの好奇心と肉欲に傾いていった。

「い、いきますよ……」

丈治はふたたび律動をはじめた。グイッグイッと腰をくり出し、根元まで熟女の蜜肉にうずめる。そのタイミングで、快感に震える尻を軽くたたいた。

「は、はぁっ。丈治さん、そう、そこなのっ」

燈子が露天風呂のへりに爪を立てた。

尻をたたくたびに、締まりはよくなっていく。その締まりを味わうように、丈治は抜き差しの振幅を大きくした。

「はぁぁんっ、深いのっ。大きいのっ」

かなり感じているのか、燈子の声が甲高くなった。

波打つ蜜肉がエラを刺激し、丈治のほうからも声が漏れる。露天風呂で宿の女将と交わるという非現実的なシチュエーションだけでなく、尻を打ちながら、というのが丈治の興奮をさらに深めていた。

「声が大きいですよ。誰かにバレたらどうするんですか」

しかし、燈子の泣き声はとまらない。丈治がフィニッシュすれば、この声もやむのだろうが、一度放出した若竹はまだ達しそうになかった。

(これじゃ、宿の人やお客さんにバレちゃうんじゃ……)

丈治は焦っていた。燈子は心配ないと言っていたが、普通に考えればそんなことはありえない。夜どおし入れる風呂なら、誰が来てもおかしくない。

「せめて声だけでも、抑えて……」

丈治は背後から挑みながら、そう頼んだ。

「だったら、いい方法があります……」

燈子が丈治の湯あたりのときに使った濡れタオルを手に取った。

それを絞って、丈治にさし出す。

「いけない燈子の口をふさいでくださいませ」

タオルを見て、丈治は躊躇した。こんなこと、いままで誰にもしたことがない。

口をふさぐなんて乱暴なまねは、考えたこともないことだ。

しかし、燈子の膣肉は打たれたときのように、また締めつけを強めていた。

(もしかして、こういうことすると、お互い気持ちよくなれるのかな)

丈治はそろそろとタオルを伸ばすと、燈子の口もとに持っていった。

「苦しかったら、はずしてくださいね」

燈子が口を開いたので、そこに細くしたタオルの中央部分をあてて、端を手に持ってうしろに引く。肩胛骨あたりまである黒髪をよけて、頭のうしろでタオルを結んだ。

「むぐっ……」

苦しげで満足そうな声を燈子が漏らす。

思ったとおり、締まりは先ほどとは比べものにならないほどきつくなった。

蜜肉の圧搾に丈治は奥歯をかみしめた。そうでもしないと、すぐに射精してしまいそうだ。

「燈子さん、いきますよ。俺ももう、がまんできないっ」

丈治は本能のままに腰を前後させた。抜き差しの角度を変えながら、腰をくり出す。

燈子の秘所からあふれた本気汁が太ももを伝い、湯の中に落ちていく。白濁が透明な湯の中に、陽炎《かげろう》のように揺らめきながらひろがっていった。

「ひっ、ふっ、ふって、ふってぇ！」

タオルで口枷をした燈子がなにを訴えているかわかった。丈治は望みのまま白い尻を交互に軽くぶつ。そのたびに締まりは鮮烈なものになった。

パンパンパンパンパン！

粘膜のぶつかる音、肉鼓の音、水の跳ねる音、湯が波打つ音、そして、タオルの合間から漏れる燈子のせつなげな声が耳を打つ。

「締めすぎです……おおおっ」

丈治の肉棒はもう限界だった。射精前の激しいラッシュで熟女の蜜肉を突きまくる。

結合部からあふれた本気汁から、むわっと女の匂いがしていた。

膣肉も快感をむさぼるように食い締めをきつくしてくる。

「ひっ……ひぃいいっ……」

身も世もなく泣きながら、燈子が昇りつめていく。

背すじが波打ち、尻肉にきゅっとえくぼが浮く。

丈治は燈子の尻を片手で打ちながら、片手は肩に置いて、結合をさらに深めた。

(思ったとおりだ……子宮がさがってきてる)

感じたために子宮が下りて、長大なペニスの先端が子宮口にあたっていた。奥まで貫くたびに、コリっとした子宮口で亀頭を刺激され、うめき声が出る。

「おうっ……はうっ……あっ……ひっひくうううっ」

女将が背すじを弓なりにさせて叫び声をあげた。

タオルで封じられてなかったら、そうとうな大声になっていたはずだ。

燈子が達するとともに、蜜肉が四方から肉棒をくるみこむ。

「俺も、もう……イクっ……！」

異常なシチュエーションと、熟肉の快感の前に、中出しへの躊躇は消し飛んでいた。

丈治は若竹をヒクつかせながら、男の精を燈子の中にたっぷりとそそぎこむ。

「ひいっ……あふいので犯される……ひいいっ」

燈子は女蜜から本気汁と白濁液をあふれさせながら、達していた。

4

燈子の欲望は二度の吐精では終わらなかった。

「淫乱女の私を、成仏させるまで犯してくださいませ……」

やけに古風な言いまわしだったけれど、美女にそうささやかれて断れるわけがない。

露天風呂での交接のあと、丈治の部屋に場所を移して、情交は再開された。

それもまた、女将の――燈子の望むかたちで。

「浴衣を着たままにしてほしいなんて……本当にエッチですよ……」

丈治はかすれた声で、そうささやいた。

布団の上には、藍色の浴衣を着たの燈子が仰向けで横たわっている。浴衣の前がはだけ、豊乳が左右にひろがっていた。紐がかろうじて腰に残っているだけだ。浴衣は波紋のようにシーツの上で皺をつくりながらひろがっていた。

(ぜんぶ脱いでいたときより、はるかにいやらしいな)

露天風呂での行為も興奮したが、部屋に戻ってからの燈子の姿を見つめているだけで、丈治の股間が期待ではちきれんばかりになる。

頭の上で重ねた両手首は丈治の部屋にあった藍色の浴衣の紐で結ばれているので、白く光る腋の下から細い二の腕がむき出しになり、なまめかしく映る。

「ごめんなさい、丈治さん……私、こうされないとダメな女なの」

亡くなった旦那さん——この旅館の経営者だった男性は燈子の性癖を理解し、体を重ねるときはいつもこうしていたらしい。夫の死後、自分の嗜好をさらけ出せる相手がいなくなり、燈子は寂しさをつのらせていたとの話だった。

「丈治さん、燈子が壊れるまで犯してください……」

頬を紅潮させせながら、燈子がささやく。

大きく開いた股の間からは、男の精と本気汁がミックスされたものがしたたっている。三角地帯の陰毛の濃い黒が、紅襞と淫猥な体液の白をきわだたせていた。

「本当にいやらしい女将さんだ。期待だけでびちょびちょになって」

丈治も燈子の望みがわかってきた。

少し乱暴に、少しいたぶられるような言葉遣いをされたいのだ。

その証拠に、丈治にそう言われただけで愛液がまたあふれていた。

「丈治さんのアレを燈子にください……」

股間を見つめられた燈子は、辛抱できなくなった様子で訴えかける。

「アレじゃ、わからないな……」

いつもの丈治だったら、絶対に言わないような言葉だ。

燈子と交わるうちに、丈治自身も変化しはじめていた。

「はっきり言葉で教えてください、燈子さん」

そう言われ、燈子は耳を赤く染めると首を左右にふった。

「そんなこと、言えません……」

男と女の性の世界は多様だと、丈治は思った。

がむしゃらだった詩織との初体験、互いに気持ちのいいところを探りながら快楽に溺れた梨央との一夜を経て、今日はいつもの自分とは違う自分を演じながら、非日常的な行為に歓びを見出している。

「言えないんだったら、違うところに挿れますよ」

丈治は燈子の枕もとににじりより、漆黒の髪をつかんだ。顔を横に向けさせ、口もとにみなぎった亀頭をさし出す。

(無理やりっぽいけど、いいのかな……)

少し躊躇していたが、燈子は口もとをほころばせ、舌を艶美に伸ばした。

やはり、こうされることを望んでいたのだ——。

自信を得た丈治は、燈子の口に巨砲をぶちこんだ。

「おううう……んぐぐっ」

さすがに根元までは突き入れないが、喉奥手前までペニスを挿入させた。そして、燈子の頭をかかえて前後させる。

燈子は乱暴な行為をされながらも、布団に垂れるほどよだれをあふれさせていた。

「こんなふうにされて感じる女将さんだなんて知りませんでしたよ」

丈治は片手で頭をかかえ、片手で乳頭といじくった。

ワイン色の乳頭は張りつめ、芯が通っている。頭が前後するたびに膝は揺れ、その間からは男を誘う女の香りが漂ってきていた。

「おふっ……はふっ……」

燈子は美貌を汗で濡らしながら、肉竿に吸いついている。

興奮しているのは間違いない。丈治は頃合だと思った。

唾液で光るペニスを引き抜いて、燈子の目の前にさし出した。

「これを挿れてほしいんでしょう。だったら、これがなにか言ってくださいよ」

燈子はもっとくわえたいというふうに舌を突き出し、唇をよせるが、丈治は腰を引いた。味わっている途中のお預けは、Mっ気のある燈子をさらに興奮させたようだ。

恥ずかしい単語を口にする前の羞恥すら、彼女にはごちそうなのだ。

「オチ×ポ……丈治さんの大きなオチ×ポを、私にくださぃ……」

上品な美女が口にする言葉ではないだけに、言われた瞬間、丈治の剛直は猛りを増した。

(言葉だけでこんなに興奮できるんだ……)

燈子の熱い吐息が丈治の亀頭にかかる。

丈治の頭から、前戯をすることは消し飛んでいた。

いまは、この熟女を思いのまま突きまくりたい。その欲望一色だ。

「ほら、望みのものをぶちこんでやりますよ」

燈子の足首をつかんでV字にすると、丈治は剛直を秘裂へと押しこんだ。激しく湿り気のある音をたてて、肉棒は奥地へと突き進み、子宮口へとヒットする。

「おうっ」

「はぁんっ」

グチョッという音と、ふたりの喘ぎ声が重なった。

布団に移ってからの拘束、そして言葉責めで、燈子の肉壺は潤み、締めつけをさらに強めていた。こんなふうに肉壁で責められたら、たまったものではない。

しかし、二度の射精を経ていた男根にはまだ余裕があった。

「さっき中に出した精液をぜんぶかき出すくらいに、ピストンしますからね」

あえて口にしてから、丈治は抜き差しをはじめる。

言われた瞬間、肉巾着の締まりが峻烈なものとなった。卑猥な情景を口にされるだけで燈子の感度は深くなり、膣のうねりは強くなる。

(津島とも、梨央さんとも違う……こういうセックスもあるんだ)

新鮮で、とてつもなくいやらしい。

丈治は右足首をつかんでいる手を放して、ピストンしながら燈子の尻たぶを打った。

「くうっ……ひぃいいっ」

結合するたびに放たれる肉の音にまじって、燈子の喘ぎ声と白桃がたてる音が響く。

燈子は顔を赤くして、快感に打ち震えていた。

拘束された手は左右に揺れ、そのたびに大ぶりの白乳も揺れる。

「どこが気持ちいいか教えてくださいよ。燈子さんの言葉で」

丈治は胸の奥で湧き起こる不思議な気持ちに身をまかせていた。いたぶりながら、愛したい。いままで知らなかった快感と考えが、若者の体に満ちていく。興奮でペニスの反りはきつくなり、律動のピッチはあがっていく。

「い、言えないわ……」

燈子がまた首をふった。それはもっとしての合図だと丈治にはわかっている。

抜き差ししたまま尻を持ちあげ、結合部が燈子の視界に入るようにした。

噴火口のように赤く燃えさかる秘所から、マグマのように熱い愛液と白濁液があふれ出ている。火山と違うのは、噴火口を肉棒でふさがれ、攪拌《かくはん》されていることだ。

「言えないなら、こうですよ」

丈治は半ばまで肉棒を引き抜くと、そのまま動きをとめた。

完全に抜かれるのもせつないだろうが、中途半端な位置での静止のほうが、Mっ気のある燈子にはきくような気がした。

「ああ、丈治さん、動いてください。これじゃ、苦しいわ」

燈子が腰をクイクイ動かして、肉棒の愉悦を味わおうとしていた。しかし、いくら腰を動かしても、丈治に深く突き入れられたときの快感には遠くとどかないのだろう。額には汗が浮き、双眸《そうぼう》はつらそうにゆがんでいる。

「だったら、燈子さんのどこが気持ちいいのか言えばいいんですよ」

丈治のほうも、燈子の内奥の蠕動がたまらず、背中にみっしりを汗を浮かせていた。このまま動いて燈子を泣かせたいと思いつつ、ここでこらえれば快感が倍増することも先ほどまでの情交で学んでいた。

やせがまんの汗がしたたり、丈治の額から燈子の太ももに落ちたとき――。

「と、燈子のオマ×コが気持ちいいのっ。丈治さん、お願い、犯してっ」

燈子が唇をわななかせた。

(女の人がいやらしい言葉をこんなふうに言うだけで、ぞくぞくするんだな)

羞恥の中で己を解き放った燈子は、胸を大きく上下させながら丈治を見つめている。

内奥のうねりが激しくなり、丈治もこらえがきかなくなっていた。ピストンのピッチがあがる。突き入れた勢いも強く、結合部から愛液と水音がほとばしる。

「燈子さんの腰が立たなくなるまで犯してやりますよ」

丈治は燈子に結合部が見えるようにしながら、猛烈なピストンを放った。

先ほど中にたっぷりそそいだ白濁液が、燈子の陰毛や下腹に飛び散る。互いに結合部を視姦しながらの交接に、興奮のボルテージはあがっていく。

「ほうっ……お、オマ×コが壊れちゃうっ。はうっ、もっと、もっと犯してっ」

卑猥な言葉を口走りながら、燈子は愛欲に溺れていた。

これでは、ほかの部屋の客に聞かれてしまう——。

丈治は燈子の腰にかろうじて残っていた紐をほどいて、そのまま口に押しあてた。乱暴すぎるか、とチラッと思ったが、燈子の口もとはほころび、蜜口からはまた熱い本気汁があふれてくる。

（なんて姿だ……）

両手は拘束されたうえに浴衣がはだけ、口に押しあてられた帯ひもをかみしめながら、燈子は若い男の肉棒を突き入れられ、白い肌を波打たせている。

熟れた肢体の放つ鮮烈な色気に、経験の少ない丈治はのみこまれていた。

「むうっ……ひいいっ……いいっ……い、ひくっ」

燈子の全身が痙攣する。ワイン色の乳頭がヒクヒク動き、腰がキュッとひねられた。

「お、おお……」

内奥の圧搾が強くなり、肉棒ももう限界まできていた。

丈治は燈子の快感の波に負けぬように最後のラッシュをくり出した。

「むうっ……ううっ……また、ひく……くううっ」

白い喉をさらし、燈子がのけぞった。

さがった子宮口が亀頭にあたりつづけ、快感が押しよせる。

「ああ、俺もイク……イキますっ」

丈治は強烈な一打を放った。子宮口に亀頭が食いこむような、勢いある突きだ。

「むうううっ。い、いいっ、イクううう！」

燈子が顎を上に向けたまま、動きをとめた。

しかし膣道はそれとは逆に、強烈に締めつけてくる。

「出るっ……おおおっ」

丈治は三度目の吐精を、熟女の中にたっぷりとそそぎこんだ。

蜜口は一滴もこぼすまいとするように、蠢きながら白濁液を飲みこんでいく。

すべてを膣内に出しきると、丈治は燈子の上に身を預けた。

第四章　日焼けギャルと奔放エッチ

1

——そんなにいい宿だったのか。

仙山線の車内で阿久津に昨夜の宿のことをＬＩＮＥで送ると、すぐにこんな返事がきた。

もちろん、阿久津には女将と大人なプレイをしたことなどは教えていない。

昭和レトロな和風旅館で部屋食、源泉かけ流し、繁忙期なのに宿泊代はこのぐらいで食事もよかった、と教えたのだ。

——花笠まつりで前泊する客がいるから、この時期の観光地は高くなるもんだけどな。俺もそこに泊まってみたいから、連絡先を教えてくれよ。

丈治は履歴から電話番号を探そうとしたが、奇妙なことに見つからなかった。

――旅館の名前を教えるから、調べてみろよ。

旅館名を送ってから、車窓の外を眺める。工場らしき建物の前の駐車場には軽自動車が並んでいた。首都圏のように線路ぞいにフェンスなどなく、レールの横に敷かれた砕石のわきでは背の低い雑草が緑の絨毯となっている。緑の絨毯はそのまま民家の庭につながっており、庭で家庭菜園をしている老人が見えた。

（そういえば、山形新幹線はよく猪や鹿とぶつかって運休になるけど、こういうところを走ってると、そりゃそうなるよな……）

車窓を眺めていた丈治のスマホが震えた。

――自分だけの秘密にする気か？　そんな旅館、ないぞ。

丈治は首をかしげた。

――阿久津が旅館名を打ち間違ったんじゃないか。だったら、観光協会のホームページを見てみろよ。そこに載ってるから。

すばやく入力して、返信する。

（たしかに夢のような出来事だったけど、本当に夢のわけがない……）

朝、目覚めると、布団に女将の姿はなかった。

今朝は八時台の電車に乗ると伝えていたので、朝食がわりにおにぎりをもらって、現金で清算した。旅館を出るときも、見送りも女将だけで――ほかの客も従業員も見あたらなかった気がするが、それは朝がはやかったせいだと丈治は思っていた。

――やっぱり、ホームページにもないぞ。どこに泊まったんだ？

阿久津のメッセージを見て、慌てて観光協会のホームページを見た。

丈治が泊まった温泉旅館はホームページのいちばん下にあったはずだ。スクロールしていって、丈治は驚いた。最後の一段にその名前がなかったのだ。

(まさか。お金を払ったし……)

丈治は財布を取り出して、残金を確認する。宿泊代金分減っていたが――奇妙なことに、見たこともない色のお札が入っていた。

(千円札だけど、大きさも色も違う……これって)

髭の男性が表面に印刷されている紙幣は、歴史の教科書で見たことのあるものだ。

たしか、この人物は伊藤博文《いとうひろぶみ》――。昭和のころの紙幣だ。

「えっ、ええっ」

丈治は思わず声を出していた。まわりの乗客が丈治を不審そうに見ている。

（昨日のはいったい……あっ、女将さんが成仏するまで抱いてって言っていたけど）

腰のけだるさは本物だ。では、自分はどこで誰と寝たのか。

時期が時期だけに怪談のような話だが、不思議と丈治は怖くはなかった。

（お互いに気持ちよかったし……ん？　まさか、あれもこのおかげ？）

丈治は財布から「幸福切符」を取り出した。

（女将は、切符を持っている客は特別な客だって言っていたけど、これが……）

この切符を持ってから、初体験の連続だ。幸運としか言いようのないことが起こっている。

（次の目的地でも、なにか起こるのかな……）

丈治は電車が山奥にさしかかると、連日の寝不足と疲れから眠ってしまった。

2

松島海岸駅《まつしまかいがん》には予定どおり、お昼少し前に着いた。

日本三景だけあって、観光客が多い。

浜風のせいか、暑さもそれほどでなく、気持ちよく観光できそうだ。

まずは遊覧船に乗って、一時間ほど松島湾をクルーズした。

乗船ギリギリに並んだので、待機列の最後尾だったが、丈治は自由席に運よく空席を見つけ、窓からの眺めを楽しんだ。地図やガイドブックは持っていなかったが、船内アナウンスのおかげで見所を逃さないですんだ。

五十分の船旅のあとは、ちょうどよく腹がすいていた。

（さて、予定どおりにいったから、次は穴子丼で腹ごなしだ）

阿久津から、松島は牡蠣か穴子丼を食べろと言われていた。しかし、八月はさすがに牡蠣の季節ではないので食べられない。松島の繁忙期はランチといえど、予約必須とも阿久津に教えられていたので、食事処を事前に予約していた。

（おや、店の外まで行列ができている……）

予約した店の穴子丼は限定ランチらしく、丈治のあとに来た客は断られていた。

阿久津の言うとおりにしてよかったと心から思う。

三十分ほど店の前にあるベンチで待って、店に入ってからも少し待った。

すっかり腹ペコになった丈治の前に、大きな穴子ののったどんぶりが運ばれてきた。

穴子丼は生まれてはじめて食べる。丈治はうな丼のようなものを想像していたが、それよりも焼き入れが薄く、色も全体的に淡い。

どんぶりを覆う穴子の下には、千切りのキュウリと錦糸卵が敷いてあった。

腹が減っていたので、まずは穴子からかぶりつく。丈治はそのやわらかさに驚いた。

（タレも薄色だけど、いい味だ。錦糸卵の甘さとキュウリの触感がちょうどいい）

丈治は贅沢な昼食を堪能し、顔をほころばせていた。

食後、満足しながらお茶を飲んでいて、ふと壁を見た。薄茶色の線が立ったときの頭の高さくらいのところにあることに気づいた。

横に説明書きがあった。津波がこの高さまで来たという証《あかし》とのことだ。

丈治は会計を終えると、瑞巌寺《ずいがんじ》へと歩いていった。

駅前の賑わいや観光船の盛況ぶりから、かつて経験した痛みは感じられない。しかし、よく見ると町のあちこちに津波が到達した痕跡が残されていた。

寺への道もきれいに舗装されていた。それは被災後の努力のあとなのだろう。再生への願いを感じながら、足を進める。

瑞巌寺は伊達《だて》家の菩提寺だけあって、本堂の床は磨きあげられ、随所に金箔を使った襖絵は華やかだ。東北一の栄華を誇った伊達家の威光がそこにはあった。

国宝を堪能したあと、丈治は瑞巌寺の境外にある五大堂《ごだいどう》に立ちよる。

松島は、コンパクトながら見所だらけだ。

五大堂へは「すかし橋」というものをわたっていく。板を敷きつめていないので、隙間から海が見える。足下を見て気を引き締めるための構造とはいえ、ちょっと怖かった。小さなお堂からもまた松島の絶景が望めた。

(五大堂のあとは福浦橋《ふくうらばし》だ。今日は今回の旅で、いちばん観光らしい観光をしているかもな)

スマホで地図を確認しながら、福浦島へ向かっている途中のことだった。

福浦橋をわたっていた丈治の目の前で口論がはじまった。

「こんなところまできて、別な女に営業の電話する?」

背中まであるロングヘアにキャミソール、そしてショートパンツ姿の女性が、派手なシャツを着た男と口論していた。

「電話するのも仕事だって言ってるだろ。おまえこそまわりのことを考えろよ。ここに来てまでぎゃーぎゃー騒いで」

周囲の客は明らかに迷惑そうなのだが、男の語気が強いのもあって、誰もなにも言えないでいる。みな、そのふたりを避けるようにしていた。

「短い時間でも楽しくすごそうって言ってくれたの、拓《たく》ちゃんじゃない。でも、台なしにしてるのも拓ちゃんでしょ。なんでそうなるの」

「かおりさあ、おまえもわかるだろ。これはビジネスなの」

男は吐き捨てるように言って、福浦島へ歩き出した。

「そうだけど……なんでほかの女の子とのデートの話、私の前でするの」

かおり、と呼ばれた女性が男の肘をつかもうとすると、男がふり払った。

その手がバッグにあたり、その中の化粧品や財布が橋の上に飛び散る。

「束縛されるの、苦手だって言ったよね。かおりは、そういうのがダメなんだって」

男は心からうんざりしたように言い放つと、歩き出した。

「待って、待っててばっ。あたしが悪かったから」

女性が駆けよるが、男は足を速める。ヒールの高いサンダルをはいていた女性は走りにくそうだ。丈治がはらはらしていたとおり、女性が転びそうになる。

「危ないっ」

バランスを崩した女性の体を、丈治は思わず抱きとめていた。

「ねえ、拓ちゃんってば……ねえ……」

女性が起きあがったときには、男は姿を消していた。女性は足を引きずりながら追いかける。丈治はいっしょにこの様子を見ていた観光客とともに、地面に散らばったものを集めると、バッグに詰めた。

「あらあら、あのお嬢さん、かばんも持たないで行っちゃったわね」

いっしょに集めてくれた観光客らしい女性が、ため息まじりに言った。行きがかり上、バッグを持つ羽目になった丈治は、かおりと呼ばれていた女性を追いかけた。

「あの、これ、大事なものだと思うんですけど」

声をかけるが、女性は頭に血が昇っているのか、聞いている様子がない。

男の姿はもうどこにもない。やがて、女性は足をとめた。

(どういう関係かわからないけど……あんまりいい感じしないな、あの男の人)

丈治は彼女がいたことがないので、面倒な女性とのおつき合いもなければ、関係がこんがらがって修羅場になる、なんて経験もない。もしかしたら、この女性は面倒なタイプなのかもしれないが、いくらなんでも女性に手をあげるのは感心しなかった。

「これ、落としましたよ」

丈治は女性に声をかけ、バッグをさし出す。

ふり向いた女性は、小麦色の肌に、明るい色のロングヘアだった。

白を基調とした、夏らしいファッションと肌色がマッチしている。

「なによ。あんた、ずっと見てたんでしょ。見世物じゃないんだから」

「あっ、そ、そういうつもりで見ていたんじゃないですっ」

女性はバッグをつかむと、中身を確認する。

憎まれ口をたたいているが、目もとは真っ赤になっていた。

白のキャミソールはバストのところが盛りあがり、明るい色気をふりまいていた。

少し短めのキャミソールは裾がほつれたようになっていて、小麦色の肌ときれいな形をしたへそがのぞいている。その下にはいているショートパンツも白のデニムだ。

そこから伸びた足は均整がとれていて、肌もつやがある。

(高校でも大学でも、ちょっと派手な人とはかかわりがなかったもんな……)

なにを言ったらいいかわからず、丈治はうつむいた。視線をさげたところで、白いデニムの、尻のあたりが茶色くなっているのに気づいた。

さっき転んだときに尻もちをついて、地面の土がついたのだろう。

「あの、ズボンがちょっと汚れてますよ」

丈治が教えると、女性はうしろを向いて「ああっ」と声をあげた。急いで手で払おうとするが、手のひらも地面について汚れていたために、ますます色が濃くなる。

「えっと、あっと、これ、使ってください」

丈治はバックパックからハンカチをさし出した。

「ハンカチとか最近持ってなかったから、助かった。ありがと」

ハンカチで拭いて、ようやく色が薄くなった。これなら、駅まで歩いても恥ずかしくないだろう。ハンカチの汚れてない面で涙も拭いてくれればいいのに、と丈治は思ったが、さすがに言えない。そんなことを言えば、彼女ににらまれるような気がしていた。

「よかったら、それ使ってください。じゃ、俺はこれで……」

そう言って別れた。

別名「出会い橋」と呼ばれる福浦橋をわたる。ここをわたると良縁に恵まれるという。丈治は新しい出会いを求めようと思っても、どうしても詩織の面影が目の前にちらつく。「幸福切符」を持ってから、二日連続で美女とベッドインするという僥倖《ぎょうこう》に恵まれたし、それぞれの女性は素晴らしかった。

(だけど、それぞれ想う人がいて……俺はそこを通りすぎただけ……)

弁天堂や松島湾内の絶景を楽しんで、丈治は来た道を戻ってきた。

福浦橋の中ほどに、見慣れたシルエットがたたずんでいる。

キャミソールとショートパンツからすらりと伸びた長い足……かおりだ。

彼女は欄干に肘をかけ、沈みかけた太陽でオレンジ色に変わっていく空と海をぼんやり見ていた。

かおりは、ファッションやつき合っている相手からして、丈治とは別世界に住む人間だ。声をかけて迷惑がられてもつらいので、丈治は知らないふりをして通りすぎることにした。

「ねえ」

背後から、かおりが声をかけてきた。

「ハンカチ、ありがと」

鼻声になっている。目もとが赤いところを見ると、泣いていたのかもしれない。

「いろいろ、大変でしたね……」

思わずそう言っていた。

「別に。いつものことだし」

しかし、そう言ったあとで、かおりは鼻をすすった。

このまま放っておいてもいい。だが、傷ついている様子を目のあたりにして、そのままにするのは気が引けた。

「……よければ、ソフトクリームでも食べませんか」

遊覧船乗場に行く途中に、煎餅とソフトクリームを売っていた店があったはずだ。

「はぁっ？　ナンパ？」

丈治は出すぎたまねをしたことを心から後悔した。

落ちこんだときに、丈治はやたら甘いものを食べたくなる。だから、人を慰めるのは甘いものという発想からそう口走ってしまった。

「ナンパじゃないですっ。そうじゃなくて、ほら、その、いやなことがあったら、俺は甘いものを食べると元気になれるから、だから、そのっ」

一気にまくしたてると、かおりが顔をほころばせた。そして、笑いはじめる。

「ナンパするにしても、ソフトクリームなんていう人はいないものね。ま、いいや。あんたのやさしさに甘えてみようかな」

かおりが歩きはじめた。丈治はそのあとを慌てて追いかける。

「ソフトクリームはあんたのおごりね」

ふり向いたかおりは笑っていた。かおりの小麦色の肌には笑顔がよく似合う。

丈治はそう思った。

3

「あんがい、しょぼいホテルね」

湯あがりの浴衣姿のかおりが、ビールを手酌で飲んでいる。

同じく浴衣姿の丈治は売店で買ったカップアイスをつついている。

「だったら、ついてこないでくださいよ」

夕食はかおりが奢ってくれ、駅前の居酒屋で海の幸と日本酒に舌鼓を打った。

そこでさんざん男の愚痴を聞かされ、解放されると思っていたが、甘かった。

いま、なぜかふたりはひとつの部屋にいて、旅館の広縁の椅子にテーブルを挟んで向かい合わせで座っている。

「なんか、言った？」

かおりが挑むように言うので、丈治は黙って、アイスを木べらですくって口に運ぶ。

予算の都合上、そんなにいいホテルには泊まれない。繁忙期に手ごろなホテルを取れただけでも御の字だし、丈治からすると、ここは上等なホテルに入る。

ここにケチをつけるあたり、国分町《こくぶんちょう》のキャバクラでかなり稼いでいる、というかおりの言葉は嘘ではないらしい。

「しょうがないじゃない。ホテル、あいてないし、帰るのもしゃくに触るし」

仙台在住なら、電車かタクシーで帰ればいいのだが、かおりは、今日は松島に泊まると言いはった。

「だからって、俺のところに来なくても……」

もちろん、ホテルはどこも満室だった。和室に一泊する予定だと丈治から聞いたかおりが、丈治の旅館のフロントにかけ合い、強引に泊まることにしたのだ。

「この忙しい時期に休んだだけでも、お店の人に渋い顔されたし、仙台でひとり歩いているところ見られたら、仕事をサボったくせにって、あとでなに言われるか」

そんなに仙台は狭い町でもないだろう、と思ったが、丈治は言わないでいた。

下手に言うと、かおりから言葉が五倍ぐらいになって返ってくる。

「……あたしといっしょの部屋で寝るからって、変な気、起こしてないでしょうね」

「ないです。ぜんぜん、ないです」

下を見たまま、アイスの残りをすくう。

百戦錬磨のキャバクラのお姉さんから相手にされるという発想はまったくない。

阿久津に言えば、絶対にうらやましがられるシチュエーションだが、実際にそうなってみると、喜びよりも緊張が勝る。

「わかってるね。いい子、いい子」

と、丈治の頭をなでる。年齢はかおりが五つ上の二十五歳。人生経験の違いからか、完全に子供あつかいされている。

座敷には二枚布団が敷かれているが、ふたりの間に色っぽい空気は皆無だ。

かおりは、仕事では客に気をつかいつづけているので、プライベートではあえて気をつかわない生活をしていると言っていた。

（キャバクラ嬢がこんなガサツだと知ったら、阿久津、夢が壊れて泣いちゃうよな）

丈治は空になったアイスのカップをゴミ箱に捨てて、歯みがきのために洗面所に行った。かおりは、丈治との会話の間も、ずっと誰かとＬＩＮＥをしていた。

（昨日も一昨日もいろいろあったから、今日くらいゆっくり寝よ……）

歯みがき粉をつけながら、丈治はあくびをした。

会津若松と山形の経験のおかげか、はたまた、かおりの性格のおかげか、魅力的な容姿の女性が目の前にいても、分身はおとなしい。

（ちょっとは成長したのかもな）

ドキドキする状況でも、平然としている自分がおかしかった。

旅がはじまってから、濃厚な時間をすごしたせいだろう。

洗面所を出ると、かおりがスマホを置いて、なにかを見つめている。

丈治が阿久津からお守りがわりにもらった「幸福切符」だ。

「あっ、かおりさん、それ、俺の……」

「こんなの床に落としちゃダメでしょ」

そう言ったかおりから、さっきまでの気の強そうな感じが消えていた。

日に焼けた頬の上に、涙の跡がある。

「えっ、あっ……す、すみません。財布に入れたはずなのに……アイスのおつりしまったときに落としたのかな」

かおりから切符を受け取った丈治は、涙の理由を聞こうか悩んだが、言わずにいた。

「『幸福ゆき』切符ってあるんだ」

「これで乗車はできないですけどね。これは友達がくれたものなんですよ。お守りがわりに」

「へえ。いまどき、こんなもの大事にしている人がいるんだ」

かおりが鼻をすすっている。

「ちょっと、ダサいかもしれません。でも、友達が俺の旅の幸運を祈ってくれたものだから、大事にしてるんです。それに、実際いいことが起こったし」

「そういう友達がいるっていいね。丈治君、幸せものだね」

かおりが顔をあげた。頬にいくすじもの涙が伝っている。

「こういうのは陳腐だってバカにしてたのに……なんでだろ、この文字を見ていたら、自分が絶対行けない場所に思えてさ……泣けてきちゃった」

「そんなことないですって。誰だって、きっと……」

かおりが抱きついてきた。丈治は直立不動のままかたまった。

キャミソールから見えていたボディラインどおり、胸は大きく、張りがある。

それを浴衣越しに感じて、丈治の心拍数があがっていく。

「稼いだぶん、ほとんどを東京のホストに使って、また稼いで……今日のあいつが東京から来たのも、私より太い客と仙台七夕まつり行くためなんだ。そこを無理やり時間とってもらったのに、あんな仕打ちされて……でも、また会いたいと思っちゃう」

浴衣の胸部分が、あたたかいもので濡れていく。

「こんなあたしじゃ、幸せになんてなれないよね」

丈治を見あげるかおりの瞳は、薄茶色で虹彩がはっきりしていた。

「俺だってなれるかわからないけど……なろうと思えば、きっと……」

かおりが丈治の顔を両手で包む。

「ねえ、今夜だけでいいから……幸せな思いをしたいの……」

丈治の唇に、かおりの唇が重なった。すぐに、ビールの味のする舌が入りこんでくる。最初は驚いて動けなかったが――女性と体を重ねた経験が増えたぶん、麻痺する時間は短かった。すぐに、舌をからませる。

「んちゅ……ちゅっ……」

明るい色の髪に手を入れ、後頭部を抱きよせる。口づけはさらに深くなり、舌をからませるキスから、唾液を交換するキスへと変わっていた。

かおりに押されるようにして、丈治は広縁の椅子に座らされた。

腰の上に、かおりがまたがり、首を抱きしめてくる。

「意外とテクニック、あるんだ……丈治って」

キスだけでかおりは、とろんとした目をしていた。

乱れた浴衣の裾からは太ももと黒いレースのショーツが見えている。そこから透けて見える繊毛は薄く、きれいなVの字に形が整えられていた。そして、そのショーツは雨粒がかかった蜘蛛の巣のように、濡れて光っている。

「俺は……一生懸命なだけです」

そう言って、丈治はショーツの中に指を潜りこませた。

「あんっ」

縦すじをなでると、かおりの肩が震えた。指をそのまま進めると、とがりはじめた女の蕾にあたる。丈治は口づけを交わしながら、指を前後させはじめた。

「くちゅ……はぁんっ……」

かおりの小麦色の肌が、汗で濡れる。とろんととろけたような目には、先ほどまでの勢いはなくなっていた。花芯がほどよく硬くなったところで、指をさらに奥に進める。薔薇のような肉襞は、触れる前からほころんでいた。

「あんっ……奥にっ……あっ」

入口をほぐす必要はなかった。指を二本、すぐに内奥へとうずめて、上下動させた。

「いやだっ、上手……あっ、あっ、あっ……」

かおりは抜き差ししやすいように中腰になっていた。かおりも快感を求めているとわかって、丈治はさらに指を激しく動かす。

グチュ…チュッ……。

蜜汁の音がこだまする。

「どんなふうにしてほしいか教えてください……俺、がんばりますから」

このふた晩、女性と体を重ねてわかったことがある。

セックスは一方通行ではいけない、ということだ。たったふた晩――しかし、濃密なふた晩だった。快感だけでなく、たくさんのことを教わった気がする。

「丈治、見かけと違うね……せ、セックス、上手なの？」

慣れた感じに、かおりは驚いているようだ。

「今日はかおりさんが幸せになれるようなセックスしますから……だから、いっぱい気持ちよくなってください」

「あたしはあんたになにも……あげられないよ」

かおりの唇が震えている。

「気持ちよくなってくれたら、それでいいです」

丈治は抜き差しのピッチをあげた。潤んだ秘所で指はスムーズに動き、蜜肉をほぐしていく。かおりが丈治の首を抱きながら、声を漏らしはじめた。

膣内の熱と濡れぐあいから、頃合だと思った丈治は指をかぎ状に曲げた。

「あうっ……そこっ、く、くるっ」

首にまわされた腕に力が入る。浴衣から伸びた小麦色の腕に、ピンと筋肉の線が入った。昨日一昨日と抱いた女性は色白だっただけに、かおりの焼けた素肌に健康的な色気を感じていた。そのせいか、指の動きも熱の入ったものになる。

「かおりさんのあそこ、すごくいい音してますよ……聞こえるでしょう?」

丈治は指を奥まで入れると、親指で女芯を刺激しながら腕をかすかに――しかしながら、すばやく動かす。すると、女壺からは派手な水音が放たれた。

「あああっ……い、いいっ」

かおりが顔をあげる。半開きになった唇の端から、よだれが垂れていた。

小麦色の肌を透明な唾液が伝う姿は、エロティックだ。

丈治が顔をよせ、その唾液を舌ですくう。と、腰を少し動かした拍子に、丈治のペニスがかおりの下腹にあたった。

「えっ……なに、これ……丈治のって、すごく大きい！」

若竹はトランクスを突き破りそうな勢いだった。

「私のキスとあそこで、こんなに興奮してるなら……ここを見たら、どうなっちゃうの」

かおりが淫蕩な笑みを浮かべると、浴衣の襟元を左右に開いた。

（わぁ……）

砲弾のように突き出たバストの大部分はこんがり焼けていたが、ビキニラインの部分だけは、東北の女性らしく色白だ。その部分も、極小のビキニで覆っていたために、乳首のあたりだけが白いのがいやらしい。

「どんな水着で歩いていたのかわかって、エッチです……」

丈治はつばを飲みこんだ。

こんな水着の女性がビーチを闊歩しているのを見たら、股間を必死に押さえなければいけないだろう。

「まさか、日サロで焼いているの……脱いだとき、エッチに見えるようなビキニを選んでね。キャバクラは色白な子が多いから、焼けてると逆に目立ってウケるんだ」

たしかに、焼けた部分と白い部分のコントラストは男心をそそる。

かおりが丈治の頭を抱いて、胸に顔をうずめさせた。

何カップかわからないが、そうとうな巨乳だ。張りがあって、やわらかいバストに頬を挟まれるなんて経験はそうそうできない。

「こっちもサービスしないとね」

豊乳で視界が遮られていて、かおりの動きがわからなかった。

股間に手が伸びてきて、どこをサービスするのか気づいた。トランクスをずらしたとき、かおりが「すごい……」とつぶやいたのが聞こえる。

「いやだ。つかめないくらい大きい……すごすぎる……」

そう言いながら、ペニスを包んだ手のひらが上下しはじめる。

竿を伸び縮みさせるように動かしてから、肉傘へ指を伸ばす。

ぷっくりとふくらんだ亀頭を、かおりの指がやさしくくるんだ。長いネイルで傷つけないように、指の腹で鈴口をクリクリ刺激するところに、男慣れが漂う。

「あっ、そこ、俺も気持ちいいですっ」

丈治の腰が跳ねる。

「若い子って、かわいいかも」

そう微笑んだかおりが、亀頭をつまんでと指で円を描く。鈴口からあふれた先走り汁で、筒先から竿までが濡れていく。そのぬめりを利用して、かおりは手でしごくピッチをあげた。

「んんっ……丈治っ、あたし、そこ、されると、もう……あっ、あっ」

かおりに負けじと、丈治もGスポット責めをはじめていた。指を抜き差しするたびに愛液はあふれ、いまは丈治の手首まで濡らしている。琥珀色の太ももがヒクヒク痙攣するさまは、健康的ないやらしさに満ちていた。

「ダメっ、もうっ」

蜜肉の締めつけが強くなったのを感じて、丈治はピッチをあげた。

指のピストンを受けるたびに、かおりの腰や背すじが卑猥にうねる。

「いいですよ、イキたいんでしょ、イッて……」

「くうっ……若い子相手に……あたしが……あっ、あああんっ、い、イクっ」

かおりは叫ぶと、中腰のまま背すじを反らせた。と、同時に――。

ブシュブシュッ！

秘所から大量の愛液が噴き出てきた。丈治の手や太もも、浴衣が濡れるほどの量だ。

「あううっ……感じすぎて、出ちゃった……」

かおりの腰から力が抜け、丈治の太ももの上に座った。

広縁は女の欲望の香りでむせ返りそうだ。

その匂いと、潮噴きの光景が丈治の欲情をせきたてていた。

「か、かおりさん……よければ、俺としてください……」

巨根をしごきながら、かおりにささやく。

「こ、ここまでしておいて、同意を得ようなんて……変わった子ね。でも、そういうやさしい子……好き」

かおりが丈治に軽くキスをした。チュッと音をたてて、唇が離れる。

「あたしも、もうがまんできなかったの……お願い、して……」

かおりが窓枠に腕をついて、ヒップを突き出した。

丈治も立ちがあり、動きやすいように椅子をどかした。

それから、かおりの浴衣を腰ひものところまでまくりあげる。

た。

（うわ……すごい……）

褐色のヒップはきれいな逆ハート形を描き、ぷりんと盛りあがっている。太ももからヒップまでこんがりと日焼けしているが、ビキニパンツのところだけ白い逆三角形でかたどられていた。日焼けした肌と白肌のコントラストはまばゆいばかりで卑猥だ。濃いハチミツのようにつやのある肌を、丈治はため息とともになでていた。

「じらさないで……ぶちこんで……」

かおりがヒップをふりながら、ため息をついた。丈治は張りつめたヒップをつかんで左右にひろげた。ミチャッと音をたてて、褐色の尻と薄桃色の淫肉が左右に割れる。潮を噴いたばかりの女裂からは、淫猥なアロマが漂っていた。

「俺の太いのが入るか確認しないと、かおりさんを壊しちゃいそうで心配なんです」

そんなのは適当な言い訳だった。

本当は日焼けした肌の奥にある秘所の姿をじっくり拝みたかったからだ。

口を開いた淫裂はきれいなサーモンピンクで、陰唇の色も薄い。

ピンと屹立したクリトリスはルビー色にきらめいていた。

「あんっ、そんなにじっと見られたら……ま、また感じちゃう……」

かおりの秘所から、女露があふれてくる。丈治はたまらず、そこに口をつけた。

「ひっ」

感じ入った声を聞きながら、舌を伸ばして蜜肉を攪拌する。

とろけた肉の感触を舌で楽しんだあと、蜜壺を満たす愛液をすすった。

ジュビッ……ジュビビッ……。

いやらしい音をたてて、蜜肉を吸う。

吸引で膣襞が震えるたび、小麦色の臀丘も尻エクボを見せて引き締まった。

「あんっ……ダメ……も、もうがまんできないの。じらさないで、ちょうだいっ」

かおりが鼻にかかった声で言った。じらすためではなく、己の楽しみのためにすったただけなのだが、結果的にそうなったようだ。

「……いいですよ……でも、あそこがきつかったら、言ってくださいね」

丈治は、己のものが巨根だと自覚できていた。

男なら誇るべきはずだが、大きさは快感につながらず、痛みになってしまうことも経験している。無理に挿れて詩織のように傷つけてもいけないので、慎重になってしまうのだ。

「言う、言うわ、痛かったら、言うっ。だから、挿れてっ」

丈治は男根を褐色のヒップの中央にあてがった。

「あお……」

亀頭の圧に、かおりは雄たけびのような声をあげる。

「いきますよ」

丈治は腰を進めた。

ペニスが音をたてて、淫裂にうずまっていく。陰唇が左右に開ききるまでは圧が強かったが、亀頭を受け入れると、膣肉がものすごい勢いで男根をくるんできた。

(スタイルのために、体を鍛えているのかな。締まりがすごい)

鮮烈な蜜壺の責めで、丈治の背中に汗が浮いていた。上を向いたヒップや均整のとれた太ももからして、スポーツかジムで引き締めているのは間違いなさそうだ。

(津島の体もこうだったな……)

陸上部で鍛えていた津島詩織も、筋肉と脂肪がいいバランスで――。

また初体験の相手と重ねてしまう。丈治の悪い癖だ。

痛々しい初体験の思い出をふりきって、丈治はかおりの体に集中した。

長大なペニスはまだ半分ほどまでしかうずまっていない。

(ゆっくりいくか、それとも……)

結局、一気に腰を進めた。根元までペニスをうずめると、ちゅぷと水音がたつ。

「ひゃあっ……あああっ」

かおりが髪をふり乱して、泣き声をあげた。

丈治はキュッと締まった腰に手を置いて、男根を抜き差しさせた。

一度達していたせいで、女体が男の精を求めていた。子宮が下りていて、ペニスの切っ先に子宮の入口があたる。

「ひっ、ひっ、グイグイくるっ……ひっ、ひいいっ」

かおりが尻を揺らしながら身もだえた。

亀頭が内奥を突き進むたび、子宮口を穿《うが》つ。膣壁を極太のペニスで刺激される愉悦と、奥突きの快感に絶え間なく声をあげていた。

「太くて長くて、気持ちいい……いやんっ、この大きさ、癖になっちゃうっ」

かおりはたわわなバストを揺らしながら、丈治の欲望を受けとめていた。

開いたままの長い足の間の床には、愛液のつくる斑点が次々とついていく。

小麦色のヒップが、濡れたビーチボールのようにきらめきながらバウンドする。

「かおりさんも気持ちいいですか。俺も、すっごくいいです」

ゆっくりしたテンポで腰を打ちつけながら、丈治はため息をついた。

濡れやすい体質なのか、抜き差しするたびに愛液の量が増えてくる。巨根をくるむ膣肉の締めつけと、愛液で溺れるような感覚に丈治は酔ってしまいそうだ。

「こんなにおっきいの、はじめてで……あぐっ、うっ」

夜の華やかな世界にいる女性から褒められて、丈治はうれしくなった。

「だったら、もっと気持ちよくさせてあげますよ」

丈治は抜き差しのテンポを一気にあげた。

パンパンパンッと、尻と腰があたるたびに拍手のような音がたつ。

勢いよく腰を打ちつけるたび、蜜汁が丈治の唇に跳ねるほど濡れていた。

「あひっ、ひっ……いいっ、気持ちよくてっ、いいっ」

感じやすいのか、かおりの腕から力が抜け、窓枠をつかんでいられないようだ。

丈治はかおりの乳房を背後からわしづかみにして上半身を起こさせると、そのまま窓ガラスに体を押しつけさせた。

「ひいっ……いいっ……ああんっ」

とがりきった乳頭が冷えたガラスにあたり、背すじがわななく。汗でしっとり濡れた琥珀色の肌がくねるさまは、丈治の視覚を直撃する。

淫猥なのは背中だけでなく、ガラスと上半身に挟まれ薄くなった乳房もだ。

外から見えるかもしれない場所での交合に、丈治はひどく興奮していた。

「こんなふうに窓ガラスにおっぱい押しつけて喘いでいるかおりさん、外から見られちゃうかもしれませんよ」

丈治たちの部屋は海に面した部屋だった。窓の外は海で、沖のほうに船の明かりが見えるだけだ。ゆえに、そんな心配はない。

しかし、見られるかも、という思いが快感を深めることを丈治は昨日学んでいた。

「やぁんっ、そんなこと言われたら、また感じるからぁ」

気の強かったかおりの口調が変わっていた。甘えきった声を出し、橋で最初に出会ったときと正反対の雰囲気になっている。

「だったら、いっぱい感じていいんですよ」

そうささやきながら、丈治は背後からグイグイ突きあげる。

グチュ、グチュッと結合部から音をたてながら、かおりの体がガラスの上でせりあがっていく。

「ふっ、ひっ、はぁんっ、すごいのが奥にあたるっ。ガラスで乳首がくすぐられて、あんっ、いい、気持ちいいのっ」

かおりはガラス窓に汗ばんだ頬をくっつけていた。律動のたびに肌とガラスがすれてキュッキュッと音が鳴る。快感が深くなるにつれて汗が増え、ガラスの抵抗がなくなると肌はなめらかに上下した。

「かおりさんの汗のせいで、窓ガラスが濡れてますよ」

発情したかおりの体温と汗のために、窓ガラスが結露したように白くなっている。

白く曇ったガラスの中心には、かおりの相貌と乳房で拭き取られた部分が残っていた。かおりの乳房が上下動したあとが、ガラスに卑猥な跡を残している。

「じょ、丈治が感じさせるからなのっ、はふっ、ふっ、いいっ」

熱い吐息がかかるたびに、窓ガラスが白く染まる。

「窓におっぱいを押しつけて、うしろから若い男に突かれてよがってるなんて、最高にエッチな姿ですよ。たくさんの人に見てもらったらどうですか」

「いや、いやぁんっ……こんなの見られたら、恥ずかしくて、ダメぇ！」

かおりの耳たぶが桜色に染まった。丈治はそこを甘噛みし、さらにピストンのスピードをあげていく。

ズンズンズンズンッ！

巨根による突きあげで、子宮口を連打されたかおりの声がさらに大きくなった。

「見られなくても、こんな大声だと聞こえまくりですよ」

「くううっ……年下のおとなしい学生だと思ってたのに……あんっ、なんなのよ……ひい、いいいっ、イク、イキそう！」

肩越しに丈治を見たかおりの目には、うっすら涙がにじんでいる。

「かおりさん、泣いてるんですか」

「悲しいんじゃないの。感じすぎて涙が……って言わせないでよ……もう、バカぁ」

体を重ねてようやく気づいた。かおりの憎まれ口は、自分の弱い部分をカバーするための鎧だったのだ。鎧をはずしたかおりは、年齢よりも幼い雰囲気に変わる。

「だったら、素直に感じればいいんですよ……怖がらないで」

右手で乳房を包んで、乳頭を人さし指でくすぐる。もう片方の手は、結合部のすぐ上にある女芯に這わせ、興奮で勃ったそこで円を描いた。

「くっ……あひっ……そ、そこダメ、中に太いの挿れたまま、クリちゃんはダメっ」

その間も、子宮口をねらいすました突きをつづけていた。

結合部の派手な水音だけでなく、秘芯をいじくっただけでもピチャピチャ音がした。

かおりは小麦色の相貌を上下させながら、快感に身をゆだねている。

「あひっ……そんなふうに何カ所もされたら、気持ちいいっ、あん、あんっ」

かおりは律動に合わせて腰をふり、そのたびに女芯で指が動くので泣き声をあげる。

乳頭もこれ以上はないくらい張りつめていて、ガラスにあたるたびに乳先が上下する。丈治はかおりの浴衣の紐をほどいた。

「だ、ダメぇ……まる見えになっちゃうっ」

浴衣が肩までずり落ちた。もし、外に人がいれば、上半身がまる見えだろう。

「見せてあげればいいじゃないですか。こうやって太いのくらってるのを」

丈治は腰の位置をずらし、抜き差しのたびに亀頭がGスポットにあたるようにした。

「はおおおおっ……いっ……いいっ、イクイクっ」

熱に浮かされたように、かおりは口走ると、律動に合わせて腰を上下させる。

本能に身をまかせた動きは男を興奮させ、さらに律動を強めさせた。

一物は反り返り、グイグイとかおりの急所を責めつづける。

「い、いい、こんなにはやくイクのはじめてっ、あああっ」

かおりはガラスに上半身を押しつけたまま恍惚の表情を浮かべている。

快感に同調して子宮口が下りてきた。

律動のたびに亀頭が子宮の底にあたり、しびれるような快感が丈治の延髄を走る。

陰嚢が縮み、きゅっとあがっていく。先走りを鈴口から絶え間なく出しながら、若牡の精を吐き出す準備に入っていた。

「い、イキましょうよ、いっしょに……俺も、もうイキそうなんです」

丈治のピストンも発射寸前のラッシュに変わっていた。

結合部ですさまじい破裂音と水音を響かせながら、丈治はかおりを突きあげる。

膣肉の締めつけに身もだえしそうになりながら、指での責めもつづけたままだ。

性感帯すべてを刺激されながらの性交に、かおりは頭をのけぞらせ、泣いた。

「イクイクイクっ、ああんっ、中でほしい。中出しが好きなの。中でちょうだいっ」

かおりがガラスに爪を立てながら、丈治にささやく。

「いいですよ。俺ももう、がまんできない……うおおおっ」

丈治はパンパンパンッと派手な打ちつけを三度放つと、尻を引き締めた。

「あうううっ、イクうううっ」

強烈な突きを放たれたかおりの結合部から、また派手な音をたてて愛液が噴き出た。

旅館の壁に、愛蜜の飛沫《しぶき》が卑猥な模様を描く。

この眺めと鼻腔《びこう》から脳を直撃するアロマが、最後のひと押しになった。

「え、エッチすぎる……で、出るっ。俺も、イキますっ」

尿道口がほどけ、そこから白濁液が解き放たれる。

ドビュビュビュビュッ！

立ちバックで、しかも窓ガラスに体を押しつけながらの交合は、あまりに刺激的すぎた。若竹をしならせながら、大量の精液を女壺にそそぎこむ。

「あふっ……あ、熱いので、ま、またイク……イックう！」

かおりはそう叫びながら、肩を震わせて達していた。

4

「ね、ねえ、腰がフラフラなの……抱きあげて、布団に連れていって」

かおりが丈治に背を預けながら、けだるそうに言った。

まだ、ふたりはつながったままで広縁にいる。

丈治はペニスを引き抜いて、かおりを抱きあげて、連れていこうと思った。が、結合部を見て気が変わった。

結合部の下、かおりの褐色の太ももに膣内からあふれた白濁液が伝っている。

(白い肌を精液が伝うのもいやらしいけど、焼けた肌もすごくいやらしい)

丈治はつばを飲んだ。

もっと、この光景を見ていたかった。そして、かおりをもっと感じさせたい。

「無理ですよ。かおりさん、俺、この間、山寺に昇って筋肉痛なんですよ」

「そ、そんなの知らないからっ、とにかく布団に連れていってよ」

かおりは肩で息をしていた。まだ巨肉が股間に居座っているので、小麦色の肌は霧を噴いたように汗で濡れている。そして、男と女のつなぎ目からは愛液をトロトロとこぼしていた。

「だから、抱きあげて、連れていくのは難しいかも……」

「わかったから……抱きあげなくてもいいから、連れていって」

かおりの腰が軽くグラインドしている。

立ちバックで快感をむさぼったので、次は布団の上で、もっと楽しみたいのだろう。

「それより、もっと気持ちよくていい方法があるんですよ」

丈治はかおりを背後から抱きしめると、部屋のほうへと向かせた。そして、背中を押して腕を床につかせる。

突き出た尻は、精液と愛液がまじったもので濡れて、光っていた。

「くうううっ。気持ちいい……な、なに、これ……」

体位が変わって、かおりが快感のため息をついた。

「歩いていくのは大変だから、仲よく布団に行きましょうよ。つながったままで」

恥ずかしさが快感につながり、それを煽ると官能が深まることを、丈治は燈子から学んでいた。

四つん這いになったかおりが、肩越しに丈治をにらむ。

「ち、調子にのりすぎじゃない……こ、こんなの……」

しかし、丈治が強く腰を突き出すと、

「ひぃいいいっ」

と、身も世もなく叫んだ。

丈治はそのまま律動をはじめた。

かおりは和室の畳の上にネイルした爪を立てて身もだえる。

(立ちバックもいいけど、普通のバックもいいな。じっくり観察する余裕あるから)

小麦色のヒップのあわいから、ココア色のすぼまりと巨肉をくわえるサーモンピンクの姫貝がよく見える。赤黒い肉棒が武骨なだけに、やわらかくほどけた媚肉が品のある淫靡さを放っていた。

つなぎ目からは、ねばり気のある若牡の精と蜜液があふれている。丈治はふたりの欲望汁がまざったものを指でぬぐって、ハチミツ色の臀部に塗りつける。

「かおりさんのお尻が、ぼくの精液で白くなってますよ。エッチだな……」

白濁は丈治の欲望を受け入れた証である。しかも、中に出してと催促したのはかおりなのだ。そのことを改めて思い知らされて、かおりの小麦色の肌が心なしか朱色に染まったように見えた。

「これ以上言ったら怒るから……」

そう言った声は、先ほどより弱々しい。

「怒ったら、抜いちゃいますよ。これを抜いたら、つらいんじゃないですか」

丈治は一度強く腰を突き出した。ぐちゅっと音をたてて、愛液があふれる。

「ひっ」

押しつけたときにも小さな泣き声がして、そろそろとペニスを抜きはじめると、

「ああんっ、ダメダメダメッ」

かおりが髪をふり乱して悶えた。

「抜かれるのが、そんなにいやなんですか」

「ち、違うってば……あんたの遊びにつき合ってるだけだってば……」

まだプライドが邪魔をして、素直になれないらしい。しかし、かおりは恥ずかしくとも快感を選ぶことにしたようだ。

「くうっ……ふぅんっ……」

鼻から甘い声を出しながら、かおりが畳の上で腕を進める。ふたりはつながったまま、四つん這いで布団に向かいはじめた。

「かおりさんはやさしいな、俺につき合ってくれて」

丈治は重たげな乳房をうしろからわしづかみにして、リズミカルにもんだ。

「ほうっ……くううっ」

かおりは次から次へと泣き声をあげる。

その間、丈治は腰をくり出しながら、前へと膝をじりじり進めていった。

かおりも張りのあるヒップを左右にふりながら、布団へと向かっていく。

ふたりがつながったまま進んだあとには、ねばり気の強くなった愛液と精液が点々と落ちていた。

「ふっ、はひっ……一歩出るたびに、奥にいっぱいあたって、ひうっ」

かおりが這うのをやめた。上半身を床の上に押しつけ、尻を突きあげるようにして小休止している。逆ハート形のヒップは汗でつややかに照りながら左右に揺れていた。

深々とはまった男根のわきから、じくじくと透明な愛液が湧き出ている。

「感じすぎて、動けなくなっちゃったんですか」

布団まであと四、五歩というところだが、丈治の律動を受けているうちに、かおりの腕から力が抜けていく。

「そ、そうなの……もう、ダメぇっ」

強気なかおりとは思えない言葉が出た。

快感に陥落した姿を見て、丈治の中にまた新たな欲望が生まれる。

ヌチュッと音をたてて、律動中にペニスを引き抜いた。

「きゃっ……どうして……いじわるしないでよおっ」

かおりが尻をふって、丈治を誘う。

丈治は立ちあがると、愛蜜と若汁で濡れたペニスをしごきはじめた。

「つながったまま移動できないなら、かおりさんにサービスしてもらおうと思って」

「サービスしたら、またしてくれる？」

さっきまでなら生意気言うなと叱り飛ばしただろうが、いまのかおりにその余裕はなさそうだ。ひたすら男根の与える快感を求めており、その結果、素直になっていた。

「もちろんですよ……」

淫猥な香りをふりまきながら、長大な男根をしごいて見せつけると、かおりがものほしそうに舌舐めずりをした。

「な、なに、すればいいの」

つばを飲みこむ音が響く。

「俺のこれを、おっぱいで挟んで舐めてください」

淫らな要求に、かおりも驚いた様子だ。

自分で言いながら、丈治も驚いていた。

（昨日と一昨日にすごい思いをしたからといって、調子にのりすぎだよ……）

自分にツッコミを入れる。ただ、あのメロンのような、たわわなバストを見ていたら欲望がとめられなかった。

「もう……なんてことを言うのよ」

かおりがそう言った。丈治はてっきり断られると思った。しかし――。

「いいわよ……そしたら、ちゃんと気持ちよくしてね」

口もとに笑みを浮かべると、乳房をよせてそこによだれを垂らした。

褐色のメロンに、よだれと汗でオイルを塗ったような照りができる。欲情を刺激する眺めに、へそを向いたまま反り返っていたペニスがヒクっと震えた。

「ふふ。私の、Gカップのおっぱいを見ると、これをお願いする人が多いんだ。でも、このかおり様がしてあげるのは特別な相手だけ。だからあんた、名誉に思いなさいよ」

かおりはむちっとした乳房を下から支えるようにして持ちあげる。

いきりたった若竹を、小麦色の双乳でやさしく挟んだ。

汗で濡れた肌と、かおりの体温を感じて、丈治の男根はまた反りを増した。

「湯気がたちそうなほど熱くなって、すごくいやらしい匂いがしてる……ふふ、すっごくおいしそうなオチ×チン」

かおりが髪をかきあげ、耳にかける。

それがフェラチオするときに、邪魔にならないようにするための仕草だと気づいて、丈治は淫蕩な行為への期待が高まった。

「いくよ……はむっ……」

Oの字に開いた唇が、乳房の間から顔を出した亀頭をくわえた。乳房の両わきに力をこめて、強く挟んでくる。

(ああ……おっぱいが、やわらかい……)

膣肉とは違う圧力と快感に、丈治の若竹は鈴口から透明な先走り液を垂らしていた。

ジュワッと湧き出た男の透明樹液を、赤い舌が舐める。かおりは舌をドリルのようにとがらせ、鈴口を集中して責めてきた。

「う、うわぁ……おっ……おおおっ」

丈治の全身に、くまなく愉悦の汗が浮いた。

かおりは肉筒を乳肉で包みながら、陰嚢もやんわりと挟んでいる。そちらからくる快感もたまらない。腰は釣りあげられた魚のようにぴちぴちとしなってしまう。

「自分でやってほしいって言っておいて、かわいく感じちゃって」

いつしか、立場が逆転していた。

さっきまでは丈治が主導権を握っていたはずが、乳房と口での愛撫がはじまってからは、快感のうめき声を出しているのは丈治だ。

「ねえ、丈治君、もっと動いてほしいの？」

かおりはゆっくり乳房を上下させながら聞いてくる。

さっきまでは呼び捨てだったのに、こういうときだけ「君」をつける演出が憎い。

かわいがられている雰囲気にのまれ、丈治は思いっきり強くうなずいた。

「いい子ね。やっぱり大学生。素直でいいよ……」

かおりが乳房を挟む手に力をこめた。ペニスを包む圧を強めてから、上下動のピッチもあげてくる。汗と唾液でぬめりのよくなった双乳はなめらかに動き、膣肉とは違う圧迫とピストンで男の本能を責めてくる。

「ふふ。がまんできないって顔しちゃって……とどめ、刺しちゃおっ」

かおりが相貌をさげた。小麦色の乳房の間から顔を出すピンク色の亀頭を、開いた口で出迎える。

「ひゃあ……うおっ」

丈治は声を出してしまった。

情けない声が出た。からかわれると思ったが、かおりは当然といった表情で口淫をつづけている。このプレイを受けた男はみんな似たような反応をするのかもしれないな、と丈治は思った。

（おっぱいで包まれながら、先っぽを吸われるってこんなに気持ちがいいんだ……）

丈治の亀頭は先走りとよだれで濡れ、かおりの乳房までも湿らせていた。

カポッカポッと音をたてて肉傘を吸いながら、かおりがこちらを見あげてくる。

小麦色の美貌に淫らな微笑みを浮かべ、パイズリと口淫を施す姿は、とてつもなくいやらしく、それだけで射精しそうになる。

「かおりさん、俺もうっ……」

昇りつめようとしたところで、かおりが乳房をはずした。

「えっ、あっ……」

突然、はしごをはずされた丈治は呆然とした。しかし、腰と反り返ったペニスだけはまだ双乳愛撫されているかのようにクイクイ揺れている。

「寸止めのお返し。さっき、あんたがやったやつ」

かおりがいたずらっぽい笑みを浮かべた。

「イキそうなところで、寸止めされるってつらいでしょ。勉強になったかな」

淫らな意趣返しをくらったが、そのおかげで欲情は高まっていた。

「べ、勉強になりました……でも、そのせいでもっとしたくなりました」

丈治は布団の上にかおりを横たえ、長い足の間に腰を入れる。

かおりは寸止めとパイズリをしていたことで興奮してきたのか、秘所の下にある双臀は日焼け用オイルを塗ったように愛液で照り光っていた。

「きて……そのぶっといのを、あたしの中にぶちこんで……」

かおりが丈治の首に手をまわし、淫らな言葉で誘いかける。

丈治は蜜肉にあてがうと、すぐに奥深くまで貫いた。

「ほおおおおっ、すごい。奥までくるっ」

かおりが布団の上でのけぞった。

射精寸前でお預けをくらった若い欲望は、蜜壺の中の愛液をすべてかき出す勢いで動き出した。

「パイズリして感じてた、かおりさんのあそこも、さっきより締まりますよ」

ビチュビチュ！

シーツの上には、おねしょをしたように濡れて灰色になった部分が版図をひろげていた。さっき中出しした精液も、愛液にまざって出ているようだ。

かぎなれた男の欲望の臭いが鼻につく。

「俺、かおりさんの愛液で溺れちゃいそうですよ」

小麦色の耳が、赤くなったのがわかる。

「い、言わないでよ。濡れやすい体質なんだから」

意地をはったり、自分の愛液の量を恥ずかしがったり、鎧をまとわないかおりは思った以上にかわいい。

（もっと違う顔が見たいな……）

浴衣の紐で縛って、軽いＳＭプレイをするのもいいかもしれないと考えたが、かおりは束縛をいやがるかもしれない。万一、逆鱗《げきりん》に触れたら雰囲気が台なしだ。

道具を使わず、もっと感じさせるとしたら——。

丈治は、アダルトビデオでよく見た体位を思い出した。

「俺の首をしっかり抱いていてくださいよ……」

かおりの瞳が揺れた。

なにをしようとしているかわからず、とまどっている様子もまたかわいらしい。

丈治は、かおりの背中に手をまわして上体を抱きしめると、そのまま立ちあがった。

「はあっ……やぁんんんっ……な、なに、これっ」

アダルトビデオで見ていた、駅弁という体位だ。

高校時代は陸上で足腰を鍛えていたので、下半身の筋力には自信がある。

「長いのがっ、奥にあたりまくって……ひっ、ひっ」

丈治が立ちあがっただけで、かおりは息も絶えだえになっていた。

亀頭が子宮口に食いこんでいた。しかも体重と重力が加わって、圧力は立ちバックのときと比べものにならないようだ。

「はううっ……狂うっ……狂っちゃうっ」

目もとをとろんとさせ、口の端からよだれを垂らしながら、かおりが喘いでいた。

百戦錬磨のかおりを一介の大学生である自分がこうも狂わせるなんて、想像もしなかったことだ。

「あんあんっ、すっごい、丈治、すごいっ、気持ちいいっ。気持ちよくって幸せっ」

ふた晩の逢瀬が、丈治を成長させていた。

信じられないような僥倖に恵まれ、たったふた晩でキャバクラ嬢を陥落させるまでになっている。

「俺も、かおりさんとセックスできて幸せです」

快感で虚《うつ》ろになっていたかおりの瞳が像を結ぶ。

「え、エッチなことさせてくれたからでしょ」

「違いますよ。俺を受け入れてくれたから……」

「丈治はやさしいね……」

かおりが口を開いて、キスをしてきた。

愛液のついた舌からは、潮風のような香りがする。

「かおりさんを天国に連れていってあげますよ。つかまって」

丈治は逆ハート形のヒップをわしづかみにして、上下動を速めた。

ズンズンズンズン……！

クッションのようにやわらかい子宮口を、亀頭で連打する。

かおりも、もっと快感をむさぼるべく腰を動かしている。

「ああ、いい、おなかが、熱いのっ。おなかの中が押されて、あがってる……く、狂いそうっ」

長い髪は汗で濡れ、重そうになっていた。だが律動のたびに、毛先は馬のたてがみのように軽やかに揺れる。

胸と胸がこすれ合い、かおりの屹立した乳頭が丈治の胸板をくすぐる。

「感じまくって、乳首がビンビンなのがわかりますよ」

「うんっ、感じるの。ああ、あそこが蕩けちゃうのっ」

かおりのかすれ声が丈治の欲情を刺激した。

パイズリで発射寸前だったので、肉棒の限界を先延ばしするだけで精一杯だ。しかし丈治は、発射するまで一回でも多く快感をむさぼるために、腰を動かしつづけた。

「俺のも、かおりさんの熱いオマ×コのせいでドロドロですっ」

忍耐も限界を超えていた。

女体を足腰で支えるつらさより、射精をがまんすることのほうが足にきていた。快感で膝から力が抜けそうだ。

丈治はかおりの蜜汁を律動のたびにまき散らしながら、振り子のように腰を動かして子宮口を突きつづける。

「もう、ダメ……あそこが、もう燃えちゃうっ……あうっ……」

丈治の首を抱く力が強くなる。

出たいと暴れまわる本能をなだめながら、丈治は発射前のラッシュをくり出した。

パンパンパンパンッ！

張りのある尻と若腰がぶつかり、小気味のいい音をたてる。

「あああっ……そんなにかきまぜられたら、イク、本当にイッちゃうっ」

かおりが背すじをうねらせ、痙攣した。

同時に、膣襞の圧搾がきつくなった。かおりの締まりは強く、経験の浅い丈治が耐えられるものではなかった。

「ああっ。ボクも、もう無理です……また中に出しますよ。あああ、出るっ」

寸止めでせきとめられていたためか、欲情はいままでになくつのっていた。

鈴口から噴き出た熱いエキスは奔流となって、かおりの膣内を染めあげる。

「あひっ……熱いのが幸せっ。すっごい、すっごいのおっ」

かおりは叫びながら、背すじをのけぞらせた。

ブシュッ！　ブッシュウウッ！

秘所から、先ほどよりも勢いのある潮噴きがはじまり、丈治の腰と布団を濡らしていく。

「はひっ、ひっ……いい、イク、精液でまたイクうう……」

忘我の境地にいったかおりは、うわ言のようにそうつぶやいていた。

丈治が射精するたび、かおりのターコイズ色にネイルされた足の指がピンと伸びる。

長いまつ毛で縁取られた瞳を閉じて、間を置きながら、かおりは痙攣していた。

「ねえ……丈治……つながったまま、少しだけ抱きしめて……」

丈治は、かおりが落ちないように背中を支え、そのまま布団の上に横たえる。肩で息をしながら、丈治はかおりを抱きしめた。

少し速い心音をお互いに重ねながら、疲れと安心感からか、ふたりはいつしか眠りに落ちていた。

第五章　はじめての３Ｐ

1

丈治は盛岡《もりおか》に着くと、一目散に目的の店へと向かった。

（盛岡はじゃじゃ麺か冷麺か悩むところだけど……暑いときはやっぱり冷麺だ）

人気店なので、行列ができているかもと心配していたが、盛岡に着いたのが二時近くで、ランチタイムをはずれていたのもあって、丈治はすんなりと座れた。

（これなら、乗換に確保していた時間内に食べられそうだ）

少し待つと、冷麺が運ばれてきた。

焼肉店の冷麺はステンレス製の器に入って出てくるが、盛岡は浅めで口の広い陶器のどんぶりを使っていた。

楕円形にまるめられた麺の上に、半分に切ったゆで卵、その横に梨、キムチ、薄切りのキュウリ、牛肉が並べられている。

赤みがかっているが、透明度の高いスープを海とするなら、中央に麺と具の島がある、そんな箱庭のような盛りつけだ。

この盛りつけを崩すのはもったいないな、と思いつつ箸でほぐして、麺をすすった。

麺はもちもちして太めのストレート、口の中にするっと入ってくる。

レンゲで冷たいスープをすくって口に含む。牛からとったダシの味がしっかりしていて、かなりの旨みだ。しっかり発酵させて酸味のあるキムチがスープのアクセントになっていて、舌が美味に歓喜した。

梨の甘みが、酸味と辛みを落ち着かせてちょうどよい。

梨をかじりながら、丈治はかおりのことを思い出していた。

昨夜、情事を交わしたあと、ふたりは抱き合ったまま眠りに落ちた。そして、朝に丈治はかおりと向かい合って、バイキングの朝食をとっていた。

「こんな朝はやくに、ご飯食べるなんてひさしぶり」

ふだんの仕事では寝るのが夜明けまぢかというのはざらで、朝八時に起きてご飯を食べることはないらしい。

「そのわりに、いっぱい食べているじゃないですか」

かおりは納豆、あおさのみそ汁、だし巻き卵におひたしをおかずにしていた。

キャバクラ嬢という華やかな仕事とは正反対の地味な定食ふうにしている。

それに対し、バイキングでは取れるだけ取ってしまう丈治は洋食和食関係なく好きなものを好きなだけ盛りつけた。皿の上はナポリタンや唐揚げに焼き魚やフルーツが並んでいて、まったく統一感がない。それにプラスして、ご飯とあおさの味噌汁だ。

「こういう普通の朝ごはん、食べないから新鮮なの」

丈治はそんなものかと思いつつ、フルーツから食べていた。

「いきなりフルーツを食べるの？」

「ひとり暮らしだと、皮むくのが面倒で食べないんですよ。だから、こういうときはつい取っちゃって」

「私は仕事でよくフルーツの盛り合わせを頼むから、ちょっと見飽きたかも」

そう言って笑う。かおりの顔から、昨日はあった険のある表情が消えていた。

「かおりさんは、これからどうするんですか」

「朝ごはんを食べたら、丈治ともう一戦したいかな」

と言われて、丈治はみそ汁を吹き出しそうになった。

「冗談だって。ちょっとのんびりしたら、仙台に帰るよ。今日から稼がないとね。お店のマネージャーに怒られちゃう」

「……元気そうで、安心しました」

「元気になったのは、丈治のおかげかな。ひと晩だけでも見返りとかそんなのを忘れて、ただひたすら気持ちよくなれて。それに……丈治はやさしかったからさ」

「俺はやさしいっていうか、怒られるのが怖いタイプなだけで……」

「でも、女を扱うのにあんなふうにひとつひとつ聞いてくれるやさしい人、私の人生にいたことないからさ。ひと晩でも大事にされると、自分にもそんな価値があるんだって思えてきたんだ。お金以外の価値がさ」

かおりがだし巻き卵を食べて、おいしい、と顔をほころばせた。

「昨日も丈治君の出したたんぱく質をたくさん飲んだけど、こっちのたんぱく質もおいしい」

丈治は今度こそ、あおさのみそ汁を吹き出した。

「あはは、反応が素直でやっぱり最高。最後まで笑わせてくれるね、丈治は」

そんなかおりの笑顔が、梨を食べたときによみがえった。

(今日も仕事でフルーツの盛り合わせ、頼むのかな)

かおりは、もう男のために働くのはやめて、自分のためにお金を稼ぐと話していた。

自分に価値があるとかおりが気づいたのは、よかったと思う。

それが丈治の功績と誇る気はない。たぶん、損得勘定ぬきでかかわった男がずっといなかったから、かおりは金銭でしか価値をはかれなかったのだと思う。

(かおりさん、幸せになれるといいな)

行く先々で素敵な女性と枕を交わす幸運に恵まれるのは「幸福切符」のおかげかもしれない、と三日連続でこんなことになって、丈治は確信するようになった。

しかも、丈治と夜をともにした女性も幸せになっている気がする。

(本当に効験があるのなら、俺も幸せになれるのかな……)

丈治は支払いのときに財布の中にある「幸福切符」を見ながら思った。

冷麵を食べてすぐ、丈治は駅へと急いだ。花輪線《はなわせん》は本数が少ないから、乗り逃したら待ち合わせに遅れてしまう。

今日は湯瀬温泉《ゆぜおんせん》で部活のOBと落ち合う予定だ。

東北新幹線が新青森まで行く前は青春18きっぷで盛岡から青森まで東北本線で簡単に行けたが、いまは盛岡以北が第三セクターのIGRいわて銀河《ぎんが》鉄道と青い森《あおもり》鉄道になり、その区間は青春18きっぷが使えない。花輪線も盛岡から好摩《こうま》までIGRいわて銀河鉄道なので、その区間は追加で運賃が必要となる。

もし、18きっぷを使わず、青森まですべて第三セクターを使うとけっこうな運賃がかかる。

というわけで、安く青森に行くには、盛岡から花輪線に乗り、秋田方面に抜け、大館《おおだて》でまた奥羽本線に乗り換えて弘前《ひろさき》を経由する、という大まわりをしなければならない。遠まわりだが、それも時間のある大学生のうちに体験するにふさわしい体験に思えた。

宿は先輩が予約しているので気楽だ。あとは花輪線で湯瀬温泉駅まで行けばいい。

丈治は、盛岡駅構内の新幹線改札そばの売店で、盛岡名物の福田《ふくだ》パンのあんバター味のコッペパンと、小岩井《こいわい》乳業のコーヒー牛乳を買った。

それから、盛岡から好摩間の切符を買い、IGRいわて銀河鉄道の改札を通った。

——花輪線、乗ったぞ。

乗車してしばらくしてから、阿久津にメッセージを送る。

あんバター味のコッペパンの包みを開く。

パンはかさがあって、大口を開けないと無理な大きさだ。ひとくち食べる。パンはふっくらしてやわらかい。もちっとした食感と小麦の味が口にひろがる。半分に割ったコッペパンにたっぷり塗られたあんの甘味とバター入りマーガリンは甘味と塩気のバランスがよく、かみしめると口の中に幸せが訪れた。

(こりゃ、名物になるな……パン生地もあんも、ひと味違う)

ちょっと喉がかわいたので、小岩井乳業のコーヒーミルクを飲む。

コクのあるまろやかな牛乳にコーヒーの風味がきいていてこちらもうまい。

車窓から田園風景を眺めながらパンを食べていると、スマホが震えた。

阿久津からの返信だ。

わたらせ渓谷《けいこく》鐵道《てつどう》のトロッコ列車に乗車しているらしい。

眺めが最高だとはしゃいだ感じのメッセージを送ってきた。

――花輪線、おまえが乗った路線の中でいちばんの絶景だから楽しめよ。

昨日、メッセージのやりとりが少なかったことを特に気にした様子もない。

返信に間があくところを見ると、阿久津も今日は楽しんでいるようだ。

――こっちも絶景だ。

阿久津から写真が送られてきた。トロッコ列車は緑深い渓谷を走っているようだ。

丈治も松尾《まつお》八幡平《はちまんたい》駅を出発したところで、写真を撮って送る。

急勾配の森の中を突っきるようにして列車は走っていた。登りきったところで、安《あっ》比高原《ぴこうげん》駅、そこからは下りだ。鉄路を走る音が心地よく、眠気を誘う。

このまま眠ってしまいたいところだが、湯瀬温泉駅を寝すごして大館まで行ってしまったら、先輩にどれほど怒られるかわからない。

丈治は眠気と戦いながら、車窓から外を眺めていた。

2

湯瀬温泉駅はトイレと切符売場だけがある小さな駅だが、盛岡から花輪線に乗ってきた丈治が下車したとき、けっこうな数の乗客もここで降りた。

さすが千五百年もの歴史ある温泉地は違う。駅から出た客は、それぞれ徒歩か駅前で待っているホテルの送迎バスに乗って、今夜泊まる旅館に行くようだ。

丈治は、改札を出て目に飛びこんできた緑に圧倒されていた。四方をぐるりと山に囲まれ、風が吹くたびに山の緑がおおらかに揺れている。

丈治は二時間の鈍行列車の旅で疲れた腰を伸ばして深呼吸した。登山をしなくとも森林浴気分が味わえて、なかなかいい場所だ。

竿燈《かんとう》まつりがあるから、秋田県内の観光旅館は混雑してそうだが、ここは秋田といっても青森や岩手との県境に近いせいか、それほどでもなかった。

(わりと高そうな雰囲気だけど、先輩のおかげで、安く泊まれそうでよかった)

これから宿泊予定のホテルのホームページを見ながら思った。

先輩いわく、割引券が手に入ったとかで、少し安く泊まれるらしい。

今日は先輩の野村《のむら》夫妻とその職場の後輩の四人で泊まって、飲み会をする予定だ。

旧交を温めつつ、温泉を堪能する。連日、腰を酷使したのでちょうどいい骨休めだ。

「お、丈治、待った?」

駅前の橋をわたって、タンクトップにスキニージーンズの女性がやってきた。

涼子《りょうこ》先輩だ。

タンクトップを突きあげる、ボリュームのあるバストが歩くたびに揺れていた。

アーモンド形の双眸、すきっとした鼻すじに、ショートカットのヘアスタイルが似合っている。化粧は薄くとも、遠くからでも目立つ整った顔だちである。

涼子は陸上部のひとつ上の先輩だ。槍投げの選手で、短期大学に行ったあと、いまは盛岡のフィットネスクラブで働いている。

「ひさしぶりです、先輩。あれ、野村さんは?」

涼子は短大を卒業してすぐ高校の同級生と結婚した。旧姓は西田《にしだ》だったが、いまでは野村涼子になっている。

ふたりは高校時代からつき合っていて、当時野球部の部長だった野村は涼子といっしょに帰るために部室までよく迎えに来ていたので、丈治とも知り合いだ。成績優秀で理系学部に推薦で進んだ野村は面倒見がよかった。受験のときもいろいろと丈治の相談に乗ってくれた。

そんなわけで、丈治と野村はいまも連絡を取り合っている。

涼子は結婚一年目の新妻だが、野村とは高校時代からつき合っていたので、周囲が困るような甘い空気は放っていない。

「今日はぎっくり腰で動けなくなったんだ。だから、丈治ががんばって」

「ええっ。が、がんばるって……」

さすがにそれはまずい。この旅は連日女性に関してはツキにツキまくっているが、知り合いの人妻とそうなるのは気が引ける。

(別に誘われているわけでもないのに、なに考えているんだ。それに、涼子先輩だぞ。そんなことあるわけないだろ)

丈治は自分を叱った。

「ちょっと、リアクションがオーバーなんだけど、どうかしたの。ホスト役とまではいかないけど、いろいろ手伝ってことだよ」

女性との出会いが下半身に直結しすぎる旅のせいで、変な癖がついたかもしれない。

「は、はは……勘違いしちゃって。野村さんみたいに気配りできないけど、できるだけ、がんばります」

丈治は脳裏をよぎったやましい妄想をふり払った。

「緊張しなくていいよ。そうそう。職場の後輩、連れてきたんだ。よろしくね」

先輩が背後を向いて手をふると、サマーニットにロングスカートの女性がゆっくり歩いてきた。

眉毛の上で切りそろえられた黒髪をうしろでひとつに結っている。

自分の体のラインを隠さない涼子とは対照的に、その女性はゆったりした洋服を着ているが、服の上からでも女性らしい曲線を描いた体の持ち主だとわかる。

「は、はじめまして、遠野《との》麻美《あさみ》です」

彼女が挨拶をした。表情が少し硬いのは、初対面の人間に会って緊張しているからだろうか。それにしては顔が赤い気がする。

(あがり症なのかな……汗もすごいし)

涼子の職場の後輩となると、同じフィットネスクラブで働いているのだろう。

そこで働く女性にしては、少しおとなしい感じのする女性だ。

麻美は人見知りしそうなタイプで、丈治と似た雰囲気を持っている。

「この子はインストラクターじゃなくて、事務のバイトで入っている大学生の子。丈治と同じ年だよ」

丈治と麻美はぎこちなく自己紹介した。

「なんか、妹みたいなタイプだよね。麻美ちゃんって、かわいくてさあ」

と言って、涼子が麻美に抱きついた。

そのとき、麻美が「ひゃんっ」とひどく驚いた声をあげた。

「もう、そんなにびっくりしなくていいのにぃ」

涼子は麻美にささやいて、また驚かせている。

(そういえば、こうやって、からかうの好きだったな……)

部活では同じフィールド種目なので、涼子といっしょに練習することが多かった。

そのとき、丈治のこともよくからかったが、詩織にやたら構っていたような気がする。

口数の少ない詩織は部活の面々を遠巻きに見ていたが、涼子先輩がやたらとちょっかいを出すうちに、部員の前でも笑顔を見せるようになった。

（輪の中に入れないタイプを見ると、放っておけない人だもんな）

ほんのわずかだが、詩織と会話を交わすようになれたのは涼子のおかげだ。

今回、初対面同士を引き合わせたのも、職場で輪に入れずにいる麻美を気遣っていたのかもしれない、などと丈治は思った。

涼子が麻美の手を取って、ずんずん歩きはじめた。歩くのが速いのも昔ながらだ。

線路をわたり、昭和の香り漂う商店街を抜けると、大きなホテルがいくつか目に入った。目指すホテルはそのひとつらしい。

宿泊予定のホテルの敷地は思った以上に広く、敷地に入ってから玄関まで意外と距離がある。涼子は、フロントでキーを受け取ると広いラウンジを横切り、その奥にあるエレベータに乗って部屋へと移動する。

エレベータの中は麻美のつけている甘い香水の匂いでいっぱいになった。

（ん？　この香水にまじって、なにかかぎなれた匂いがするけど、なんだろう……）

目的の階につき、涼子が部屋の鍵を開けたとき、麻美が大きくため息をついた。

「緊張してたんですね。わかります。でも、俺も緊張していて……」

「き、緊張っていうか、あの、私……」

そう言いかけたとき、部屋の中から涼子の声が聞こえてきた。

「じょーじ、ここ、いい眺めだよお」

麻美につづいて、丈治は部屋に入った。そこは数奇屋ふうのしつらえで床の間がある和室だ。調度品も黒檀色の座卓や座椅子で高級そうだ。

飲みかけのウエルカムドリンク――シャンパングラスに入っているのは、スパークリングワインだろうか――がふたつ座卓にのっている。

「すごくいい部屋じゃないですか。眺めが最高ですね」

バックパックを置いた丈治は、窓のほうへ向かった。

広縁にある大きな窓の向こうは一面の緑で、旅館の庭園が一望できる。

せせらぎの音がするので、窓を開けると、眼下には川が流れていた。

「ところで、俺と野村さんが泊まる予定だった部屋は……」

「ん？　ないよ。私たちといっしょ」

「いやあ……さすがにそれはまずいんじゃ……」

成人の男女が同室で寝たら、間違いが起きないわけがない。

涼子から男として見られていないにしても、間違いが起こったら、野村に地の果てまで追いかけられる。高校時代から野村は涼子に熱をあげていて、彼女の短大卒業後すぐに結婚したのは涼子を女神のようにあがめる野村が頼みこんだからという噂を聞いたことがある。

「だって、最初からひと部屋しか取ってなかったし」

丈治は目を白黒させた。

これはやばい。「幸福切符」の効験を考えるなら、甘い展開になりかねない。

それが野村にバレたら、高校時代から使っているバッドで追いかけまわされるのは間違いない。運が悪ければ、嫉妬に狂った野村のフルスイングが頭にヒットすることもありうる。

身の危険を感じた丈治の腋から、Tシャツを濡らす勢いで汗が出ていた。

「丈治、すごい汗だけど、どうかしたの。こういうの、嫌い？」

涼子が不思議そうに丈治のことを見ている。

「りょ、涼子先輩、立ち入ったことを聞くようですが、もしかして野村先輩と喧嘩してるとか、ちょっとすきま風が吹いているとか、そんなことあったりしました？」

涼子が首をかしげて、丈治に手を伸ばしてきた。

「夏風邪でもひいた？　なんかいきなり変なことばっかり言ってるけど」

額に手をあてて、自分の額の温度と比べている。その様子からはこれまで出会った女性にあった陰りのようなものは皆無だ。

（涼子先輩にそういう雰囲気はみじんもない。この数日がおかしかっただけだ。よく考えてみろ。いまの時代はシェアハウスで男女が普通に暮らしているわけだし、いっしょになったからといって、なにかが起こるわけがないじゃないか）

丈治は頭をふって、考えすぎた自分を笑った。

「じゃあ、俺、先に風呂浴びて……ええええっ」

室内へと体を向けた丈治は、腰を抜かしそうになった。

座敷の中央で、麻美が横たわっていた。ロングスカートの裾がまくれ、無毛の秘所があらわになっている。太ももには、いくつも透明なすじがついていた。

「りょ、涼子さんっ、バイブ入れながら歩くなんて、きつすぎますぅ……」

麻美が膝を立て、股間をまさぐっていた。

もう片方の手は、ワンピースの上から乳房をもんでいる。

「ん？　でも、すっごく感じてたじゃない。顔、真っ赤にして」

涼子が嗜虐的な笑みを浮かべて、麻美を見おろした。

「あ、あの……涼子先輩、これはいったい……」

「えっ」

女王様然とした涼子から色が消える。

「野村から、なにも聞いてないの」

「ええ」

「マジで？」

「ええ。湯瀬温泉で往時を楽しむとしか、連絡もらってないです」

青春18きっぷで東北をめぐると、野村さんに連絡したとき、

——だったら湯瀬温泉に一泊すればいい、そこで往時を楽しもう。最高だぞ。

というメッセージをもらったのだ。

——いいですね。そういうの、大好きですよ。

と、丈治は返信した。

湯瀬温泉は歴史ある温泉街なので、往年の雰囲気たっぷりの鄙びた温泉を堪能できると丈治は思いこんでいた。

そのあとは、日時とホテル名を野村が教えてくれて今日にいたる。

野村とのやりとりを探し出して、涼子に見せた。

「ああ……打ち間違いだ……なんでこんなミスしたのかな。丈治は理解してくれて話をしても引かなかったって喜んでたけど……思いっきり勘違いしてるじゃん！」

涼子がしきりに髪をかきあげる。いらだっているときの癖だ。

状況がのみこめない。ただ、胃のあたりが重くなり、背すじに汗が伝う。

「丈治、あのね、往時じゃない。オージー。意味、わかる？」

「オージー？　オーストラリアのなにか……」

オージービーフを思い浮かべながら、丈治は言った。

「違うって……聞いて驚かないで。オージーってのは……乱交ってこと」

「えええええええ！」

麻美が慌てて体を起こし、裾を直していた。

「乱交って……乱交？」

言葉の意味はわかるが、頭のなかでイメージが追いついてこない。

「なんで、俺が……」

「夏のお楽しみの相手を探してたの。そこに丈治から連絡がきたから、野村がダメ元で誘ったんだ。そしたら、乗り気だって言ってたから……」

涼子がこめかみを指でもんでいた。

「野村のバカ……この間も複数プレイして、腰ふりすぎてぎっくり腰やったうえに、これなんて……帰ったら、とっちめる」

結婚しても、交際中と同じように苗字で呼んでいるのがほほえましい、などと思っている場合ではない。

「野村といまでも連絡あるっていうから、てっきりこの趣味の話をしていると思ってたんだけど……ごめんっ。こんなことになって困っちゃったよね、丈治も」

涼子が手を合わせて詫びた。

乱交を楽しみに来た女性陣の前に、なにも理解していない男がひとり。

これはかなりまずい状況だ。

「す、すみません。野村さんと涼子さんがそんな趣味持っているなんて知らなくて」

「知らなくてあたりまえだから、謝らなくていいよ。私と野村は、ふたりだけじゃ物足りなくて。最近はそういうプレイ好きな仲間とたまにこういうところでパーティしてるんだ。ただ、SNSで見つけた相手はあたりはずれが多くてさ」

涼子がぼやく。

丈治は麻美を見ないようにしながら、そろそろとあとずさりし、ここを出ようと画策していた。が、そこで——。

「あ、あの……私、できあがっちゃってるんです……どうしましょう」

麻美が涼子にすがりついていた。腰がクイクイと揺れて、スカートの尻のあたりは濡れて肌に貼りついている。

エレベータで香水にまざっていたあの匂い、あれは女性の発情のアロマだったと丈治はようやく気づいた。

「丈治は口、かたいよね」

涼子がきっとにらむ。これでノーといえば、この窓から放り投げられそうな勢いだ。

「も、もちろんですっ」

直立不動で丈治は答えた。

3

「だったら、黙って手伝って……」

涼子がタンクトップとデニムを脱いだ。すぐに下着もはずして全裸になる。

アスリートのように均整のとれた体だが、胸と尻のあたりにはほどよい肉がついている。軽く日焼けした涼子の裸身は、両性具有者のような美と色気を放っていた。

(ど、どうしよう。もちろんって言ったからには、やらないとまずい感じだ)

涼子は麻美のわきに膝をつき、彼女の顎を持ちあげるとキスを交わす。

麻美はうっとりした表情で涼子のキスを受け入れていた。女性のやわらかそうな舌が、唇と唇の間で蠢いているのが丈治の位置からもはっきり見える。

(涼子先輩って、こっちもいける人だったんだ)

麻美のサマーニットがたくしあげられ、かおり並みの豊満なバストが顔を出す。

涼子が舌をからませながら、麻美のフロントホックのブラジャーをはずした。

ぶるんと音をたてて、白乳がまろび出る。それを涼子の長い指がつまんだ。

「んんふうっ」

麻美の背すじが震える。甘い声を出しながら、麻美も涼子の胸に指を這わせていた。

(あっ、キスとおっぱいだけで、すごく感じてる……)

麻美の膝が立ちあがり、M字に開いていく。無毛の秘所には、さっき見たばかりの肌色のバイブレーターが突き刺さっていた。そのバイブのわきからは、透明な愛液が湧き出て、スカートを濡らしている。

「涼子さん……これ、かきまぜてっ。挿れたまま出迎えに行ったら、してくれるって約束したじゃないですかぁ」

麻美が涼子の二の腕に爪を立てながら、そう懇願していた。

「私が約束を守るの知ってるでしょ。ほら、丈治に見られながら気持ちよくなりな」

涼子が麻美を横たえ、腕枕をしてやる。もう片方の手は秘所に伸ばされ、股間から突き出たバイブの柄をつかんだ。ヌチュッと音をたててバイブが引き抜かれると、丈治は目をまるくした。男根を模して血管まで浮かんだバイブは、清楚な雰囲気の麻美には似合わない、極太のものだった。

「あふっ……あんっ、き、気持ちいい……」

涼子が抜き差しのテンポをあげた。秘所が無毛なだけあって、色の薄い肉丘や紅色の陰唇が愛液を塗りつけながらバイブをくわえている様子がよく見える。

裾がふわっとひろがるかわいらしいスカートをはだけさせて、麻美が腰をふりながら悶えるさまは、秘所の光景と相まって丈治を興奮させた。

(やばい……いやらしすぎて、デニムがきつい)

丈治は耐えきれず、デニムを脱いだ。

他人の情交をこんなまぢかで見るのははじめてだ。

そのせいで、剛直はいきなりへそまで反り返っていた。トランクスに収まりきらず、ピンク色の亀頭が腰のあたりから顔を出している。

「麻美、見てごらん……あなたの姿を見て、丈治がすごいことになってる」

自分の腕の中で悶える麻美の顎をつかんで、丈治のほうを向かせる。

「ああ……すごいっ……こんなに大きいの、見たの、はじめて……」

涼子の瞳が、好奇心できらめいていた。

「野村が来なくてよかったかもね。これを見たら、嫉妬しちゃうよ。丈治がこんなに大きいの、持ってるんだもの……」

興奮した涼子が、麻美の股間でバイブを抜き差しさせながら、己の秘所も指でいじりはじめていた。

「涼子さんっ……わ、私……犯されたいですっ。丈治さんに犯されたいっ……」

「私のバイブじゃものたりないの。いけない子ね」

涼子がふっと笑うと、丈治に向けて大きく股をひろげた。

「そういうほしがりな子には、お預けしちゃう」

繊毛で縁取られたデルタ地帯に、涼子がゆっくり指を這わせた。

(野村さんやいろんな人と乱交してるのかな……すごく経験豊富そう)

先輩の知らなかった一面を見て、丈治は昂りを抑えられない。涼子は指を秘裂に這わせると、指を逆V字にくつろげた。クチャッと音をたてて、陰唇が開く。

麻美よりも色の濃い淫洞の入口で、両わきから蜜汁が糸を引いて光っていた。

「ねえ、丈治……さっそくで悪いけど、私として……」

涼子がそう言いながら、腰をまわして淫猥なダンスを踊る。

麻美はものほしげな顔をして、丈治のペニスを凝視している。

しかし、先輩の命令を断るわけにはいかない。女ふたりの板挟みとなった丈治はしばし逡《しゅん》巡《じゅん》したが、名案が浮かんだ。

「ぬめりをよくするために、先にお口でやってもらおうかな、麻美さんに」

ウォーミングアップのための口淫のあとに、涼子の蜜壺に挿れれば双方の顔がたつ。

丈治はトランクスをおろして、先走りで濡れたペニスを麻美の口もとに入れた。

「はむうぅっ……」

麻美がむしゃぶりついた。丈治の巨根をいきなり喉奥までくわえこみ、軽くえずいている。勢いはあるが、まだ技巧はないような、そんなフェラチオだ。

「麻美ったら、一生懸命になりすぎ」

涼子が麻美の背後から両の乳頭をつまみ、愛撫をつづけている。

フェラチオをする麻美の吐息が熱くなり、肩がヒクヒク震えていた。涼子の人さし指がくりくりと乳頭を刺激するせいで、麻美の乳頭が屹立していく。

「むうぅっ……ちゅぱっ……ちゅぱっ……」

音はいやらしいが、この三日間、触れ合った女性たちの技巧のほうが上だ。比べたら失礼だと思いつつも、ついそう思ってしまう。

「麻美も気持ちよくなりたいのよね……イクって感覚がわからないうちに、彼氏に捨てられて、かわいそうに……」

涼子が麻美の顎に指を這わせて、うしろに向けさせると、口からペニスが抜けた。チュボッと音をたてて、唾液まみれのペニスが揺れる。

「今日は野村と私に開発されてから丈治としてもらう予定だったけど……私がやり方を教えるから、丈治に開発してもらいなさい」

そう言うと、涼子は丈治のペニスをくわえた。

ジュルルルッ……！

吸引とともに、舌が裏スジのあたりを這う。

涼子のテクニックを受けて、切っ先からドプッと先走りがほとばしった。

口内でそれを感じた涼子が目もとで笑う。涼子の隣でふたりの様子を見ている麻美は、ものほしそうでいながら、涼子からテクニックを吸収するつもりなのか、必死に凝視している。

「涼子先輩、気持ちいいです……フェラ、すっごい上手です」

ふふっ、と涼子が微笑み、今度は頭をダイナミックに前後させはじめた。

勢いのある律動だが、すぼめた唇のあたりは細心の注意を払っており、歯があたることは決してない。涼子の口は女性器に劣らぬ快感を丈治にもたらしてくれる。

「丈治とはもっと前から乱交したかったな。だって、立派なオチ×チンだもの」

口淫をしながら、涼子が張りのある尻をふった。そこからは本能を刺激する牝の芳香が放たれている。視線を下に移すと、涼子は片膝を立てて、自慰をしやすい姿勢をとって指を淫裂で抜き差しさせていた。

「涼子さんのフェラ、素敵……ああん、私もしたいです……」

「ふふ……だったら、まずはさっきのバイブで私のまねしてみて……そうしたら、このおっきいのをくわえさせてあげる」

麻美は涼子の言葉を受け、股間にあったバイブを抜き取った。

肌色のバイブは麻美の小さな体にうずまっていたとは思えない大きさだった。

よく見ると、バイブのカリ首のあたりには、白濁した愛液がこびりついている。

(麻美さん、本気汁を出すくらい感じていたんだ……)

自分の愛液がこってりとついたバイブを、麻美は口もとに持っていく。しかし、鼻先で漂う己の愛液の匂いをかぐと、手がとまった。

(そうだよな。普通だったら、自分の体液舐めるのって抵抗あるよな)

経験豊富な女性とばかり枕をともにする旅だったので忘れていたが、経験の少ない女性がそんな反応をしめすのは当然だ。

(津島だって、経験少ないのに無理させちゃったし……)

丈治の胸に後悔の念が押しよせる。

「麻美、自分の味を知ってみるといいよ。意外とおいしいし……それに、ほかの効果もあるから」

涼子がペニスを口から出して、ハーモニカのように肉竿を横から舐めはじめた。

男根に舌を這わせながら、麻美の様子をうかがっている。

なかなか決断できない麻美を見て、涼子は己の蜜壺に指を入れた。

「はふっ……はぁん……」

クチュッ、クチュッと、淫裂から卑猥な音がたつ。

涼子の吐息が男根にかかり、がまん汁がまた鈴口に浮いて、畳の上に落ちた。

蜜汁をたっぷりと指にからめたあと、涼子は透明な蜜で光るそれを自分の口に入れた。

「んっ……おいしい……」

ジュルッと音をたてて、己の淫蜜つきの指をすする。

(うわっ……すっごくいやらしい)

丈治は耐えきれず、己のペニスをしごきはじめた。

それを見ていた麻美も、ようやく決心できたのか、バイブを口に含む。

「はむっ……はむっ……」

「上手じゃない……そう、歯を立てないように。そう、そうやって吸うの」

涼子が言っていた、もうひとつの効果とは催淫効果だったのだろう。自分の淫蜜がついたものを舐めるという、ある種のタブーを犯すことで興奮が深まると知っていたのだ。麻美は顎をよだれで濡らしながら、バイブへのフェラに没頭している。

「丈治のオチ×チンが寂しそうだよ、麻美」

涼子が男根越しにささやきかける。丈治は、発情した麻美の姿で興奮してしまい、ペニスを手でしごいていた。

「くわえるんじゃなくて、横から舐めるフェラをいっしょにしようか」

そう誘われて、麻美はバイブを口から抜いた。そして丈治の前で膝立ちになると、涼子の反対側からペニスを舐めはじめる。

二枚の舌でペニスを舐られる快感に、丈治は腰をヒクつかせた。

涼子の手が丈治の上半身を這い、乳首を探りあてる。

「うおっ……」

自分が女性の乳首を責めることはあっても、されることはなかった。

乳首で感じることはないと思っていたが、されてみると思ったよりも気持ちがいい。

次から次へとやってくる新しい快感で、丈治の総身に汗が浮いていた。

「舌だけじゃ、つまらないでしょ……」

涼子が自分の乳房を下から持ちあげ、丈治のペニスに押しあてる。

麻美も同じように乳房を押しつけてきた。

丈治の男根は四つの乳房に挟まれた。

（パイズリとは違う気持ちよさだ……乳首が四つあたって気持ちいい……）

興奮してしこった乳首がペニスにグイグイあたる。やわらかな肉の合間に、その硬い感触があることで、快感のアクセントになっていた。

丈治が肩で息をしはじめたのを見て、涼子が双乳を左右にスライドさせはじめた。

「おお、おおおっ……先輩、これすごいですっ」

唾液でなめらかになっていたペニスが、乳房愛撫の興奮で鈴口からあふれ出た先走り汁でさらに潤う。照り光る四つの半球で挟まれた快感で、腰から下が蕩けてしまいそうだ。乳房からの刺激と、女性ふたりから愛撫されるという男の夢そのもののプレイに、息を忘れそうなほど興奮している。

（これって、マジで乱交だよな……本当にこれからはじまるんだ……）

セックスは一対一でするもの、という固定観念からはずれることで、丈治は自分がタブーに足を踏み入れた気がした。そして、タブーを犯すことがこんなにも興奮につながると、丈治は改めて知った。

「気持ちいい？　オチ×チンがヒクヒクしてきちゃったね」

涼子は余裕たっぷりの様子で、乳房をスライドさせながら、丈治の腹にキスをしてくる。しかし、向かい合ってペニスに乳房をあてていた麻美はつらそうだ。

「……あれ。麻美、どうしたの」

麻美の目もとがとろんとし、しきりに太ももをすり合わせている。

畳の上には、たっぷりあふれた愛液の染みがひろがっていた。

「りょ、涼子さん、がまんできませんっ。丈治さんの太いのがほしいですっ」

麻美が身をくねらせながら、訴えた。

「丈治はどう」

涼子の目が妖しく光る。丈治も限界だった。愛撫につぐ愛撫で興奮したペニスは、女壺のぬくもりを求めていきりたっていた。

「俺もしたいです……麻美さんがいいのなら」

「いやもなにも……麻美からほしがってるんだから、挿れてあげたら？」

涼子が乳房をはずして、丈治の腰を麻美のほうへと押した。

麻美は着衣のまま床の上に横たわり、軽く足をひろげた。

「もう、麻美ったら。ここで変に恥じらう必要ないんだから……ほしかったら、こうすればいいの」

涼子が麻美の頭のほうにまわってから、体を伸ばして両足首をつかんだ。

「やぁんっ」

麻美の脚がVの字を描く。涼子は、それから脚を水平方向にひろげさせた。

ヌチャッと音をたてて、無毛の淫裂が開いていく。

恥丘、内もも、そして膝のあたりまで、透明な愛液で濡れている。

「彼氏にお願いされて、ブラジリアンワックスでパイパンにしたのよね、麻美」

ブラジリアンワックスがなにかわからないが、秘所の毛を脱毛する施術かなにかだろう。

「そ、そうです……」

そう言われただけで、麻美が腰をくねらせる。

「わざわざ痛いブラジリアンワックスを選んでパイパンにするなんて、麻美ったら♡

ゾっ気があってかわいいのに、処女をあげたら捨てられちゃったんだよね……」

涼子の説明を聞きながら、丈治は麻美の尻の手前に膝をついた。長大なペニスは、そこに膝をついただけで、麻美の秘所にあたる。

「ひゃんっ、熱いっ」

麻美が腰を跳ねあげた。

(処女をパイパンにさせて、処女喪失したら捨てるって、どんな変態だ)

そんな要求をする男も男だが、素直に従ってしまった麻美もちょっと変わった子なのかもしれない。

「麻美をもてあそんだ男は、私がお尻の穴までたっぷりいじめてから、この下手クソが、って言って捨ててやったけどね。実際に下手だったし」

涼子は妖艶に微笑む。

ベッドの上の姿をコケにされるほど、男にとってきついことはない。

さすが先輩、と感心したあとで、丈治ははたと気づいた。

(いや、いきなりこんな状況に巻きこまれて平気な俺もおかしいよな……)

しかし、なにが正常で、なにが異常かなんて、もう些細なことに思えてきた。

山形の旅館の女将だって変わった性癖かもしれないが、それは異常と責められるものではない。性の世界は丈治が思っていたより広く奥深いものだとこの数日で知った。

「でも、私、セックスが上手じゃないって、彼に言われたとおりなんです。エッチの最中にあんまり痛がって泣くから、彼に呆れられて……」

麻美が両手で顔を覆っていた。その言葉に丈治はハッとした。

初体験のつまずきで、次に踏み出しにくくなっていた自分と麻美が重なる。

「かわいそうな麻美。あんな下手くその言葉を真に受けて傷ついて……だから、今日ここでうちら夫婦と丈治で開発してあげることにしたんだ」

最初の失敗がこたえて、性の世界から離れたくなるタイプと、その反動で思いきった行動に出てしまうタイプがいるのだろう。そして、麻美は後者だ。

初体験のあとに乱交なんて飛躍がありすぎるが、そうでもしなければ癒せない傷をそのとき負ったのかもしれない。

「そういうことなら、微力ながらお手伝いします」

バイブでの羞恥プレイで膣肉はたっぷりほぐれている。あえて前戯をする必要はなさそうだが、丈治は指を二本そろえて麻美の無毛の蜜裂の中に埋めこんだ。

「はうっ……オチ×チンじゃないいんですかぁっ」

麻美が手を取って、指愛撫をされている秘所を見つめる。

涼子はこれからなにが起こるかわからないながら、楽しんでいるようだ。

目もとには淫蕩な光が宿っていた。

「セックスは上手下手じゃなくて……自分のどこが気持ちいいか知るのが大事なんだ。麻美さんのどこが気持ちいいところなのか探して、教えたいんだ」

丈治はまだ硬さのある膣襞の中で、二本指をぐるりとめぐらせた。

「あんっ」

かわいらしい泣き声をあげて、腰をせりあげる。

麻美の反応を見ながら、丈治は指を蠢かせ、Gスポットを探った。

と、指先が膣肉のざらっとしたところにあたる。

「あひっ。な、なんですか……これっ」

麻美が目を見開いて、のけぞった。ボリュームのあるヒップが畳の上でバウンドする。丈治は麻美のGスポットを探りあてたようだ。

指をかぎ状にして、そこを集中して責める。と同時に、もう片方の手で、淫裂の中で勃起しているルビー色の突起を羽根でなでるように触れた。

「はぁんっ……中もそこも、すっごくいいです……」

音をたてて上下する尻が畳にあたる。大きく開いた足が快感に震えるたびに暴れるが、涼子に押さえられていて自由に動かせない。

抑制されて発散しきれない快感が、麻美の中で大きくなっているようだ。腰の動きに呼応して、声が大きくなる。

（あっ、窓、開けっぱなしだ……）

このまま大声で泣かれると、さすがに外に聞こえてしまう。

丈治が焦ったとき、涼子が思いきった手に出た。

「もう、いけないお口は私の下の口でふさいじゃうから」

「むぐううっ」

涼子が麻美の顔の上をまたいでいた。

麻美はしばらくうめいていたが、やがて声がとまり――。

「あうっ……そ、そう、あ、麻美、上手だよ……！」

ジュルッ、ジュルルルッ！

快感を声に出すかわりに、麻美は涼子の蜜襞をすすりはじめた。整った涼子の顔が、愉悦でゆがんでいる。

新たなプレイに興奮したのか、麻美の秘所の蠕動が強くなった。

「ふううっ……はむうっ……ひ、ひい……」

涼子の秘所でふさがれたままなので、声はくぐもっていて聞き取れない。しかし、肌に浮いた汗、不定期におこる痙攣から、麻美が達しかけているのがわかった。

丈治は指をまげて、ひたすらGスポットを刺激しつづける。

「ここから、麻美のオマ×コがグッチョグチョなのがよく見えるよ……あ、あんっ」

秘所を舐めまわされながら、涼子が麻美に告げる。

丈治と涼子ふたりから無毛の秘所を視姦されて、麻美はまた感じていた。腰をせりあげ、愛撫を求めながらも、羞恥から太ももを赤く染めている。

「ひゃうっ……はずかひいっ……ひっ……」

女芯のとがりがきつくなり、蠕動が激しくなる。丈治は指ピストンのピッチをさらにあげた。

ヌッチョ、グチョ！

秘所からは派手な音がたち、白桃の下でひろがるスカートは濡れて畳に貼りついている。

「ひっ、も、もう……ひ、ひくううっ」

麻美がV字のまま固定されていた足をピンと張った。膣肉にうずめられた指が四方から締めつけられる。と――。

ブシュッ、ブシュブシュッ！

秘所から透明な蜜汁が飛び散り、丈治の相貌を濡らした。

「あら……潮噴きさせちゃうなんてすごいね、丈治」

潮煙は涼子の顔にもかかっていた。達しておとなしくなった麻美の足をおろすと、
涼子が自分の顔にかかった愛液をぬぐって舐める。

「麻美のおつゆ、すっごくおいしい……」

また目に淫蕩な光が宿る。涼子の視線は、丈治の巨根にくぎづけだ。

「そのぶっといのを挿れてあげたら、麻美、もっと喜ぶよ」

4

開いたままの窓からは、木々がざわめく音と、鳥の声が聞こえる。

外に声が漏れるのを気にしながらするのも、一興かもしれない。

「いきますよ……大きくてきつかったら言ってくださいよ」

麻美の太ももをかかえて、腰をくり出す。

「は、はいっ……」

丈治はゆっくりと膣肉に亀頭をうずめていった。ミチャッと音をたてて、麻美の秘所が丈治を受け入れる。少し硬さのある秘所だが、一度達しているので丈治の男根を問題なく挿入できそうだ。

「ふうっ……あうっ……太いっ……はじめての人より、ずっと太い……むぐっ」

麻美が腰を浮かせた。涼子は麻美の顔から尻をおろし、いまは麻美の背後にまわり、膝枕をしている。少し頭をあげる姿勢になるので、麻美からは結合部がよく見えるはずだ。

(どうすれば興奮するのか、知りつくしてるんだ、涼子先輩)

丈治は涼子の意図を理解し、麻美に見せつけるようにゆっくりと腰を進めていく。

ヌプッ、ヌプププッ。

無毛の白肉と薔薇色の襞肉が開いて、赤黒い肉傘をくわえていた。襞肉は粘度の高い露をとろとろこぼして、丈治のペニスから陰毛まで濡らす。

「太くて長いのに……痛くない。すっごく気持ちいいっ、いいですぅっ」

涼子は己の秘所を指でぬぐい、愛液のたっぷりついた指を麻美に吸わせる。

ほろ酔いのように薄桜色に染まった相貌に笑みを浮かべて、麻実は涼子の愛液を味わっていた。麻美の口からはくぐもった喘ぎと唾液の音が、そして結合部からは濃厚な交わりの音が放たれている。

「奥まで、いきますよ……」

丈治は麻美に痛みを与えないように気をつかいながら、ゆっくりと進むと――。

グチュッ!

ついに子宮の奥地にたどり着いた。亀頭に小さな座布団のようなものがあたる。

「はひっ……な、なんですか……奥が変っ。おなかが持ちあがってる感じがします」

相貌にみっしり汗を浮かべて、麻美は首をふっていた。

初体験の相手は、痛みは与えたが、奥にとどくほどのペニスの持ち主ではなかったらしく、麻美はとまどいつつ感じている。

「わかったでしょ、麻美ちゃん。あなたが悪いんじゃないの。セックスの下手なそいつが悪いんだから……だから、自分を責めなくていいんだよ」

涼子が麻美の頬をやさしくなでていた。

麻美の目に涙が盛りあがる。

「わ、私、痛がってばっかりで、その人がしらけちゃって……私が悪いって……」

頰を伝う熱いしずくを、涼子が指でぬぐっていく。女王のようにふるまったり、母親のような慈愛を見せたり、この短時間のうちに、涼子のさまざまな顔を丈治は見ていた。

「今日は気にしないで、いっぱい感じればいいから……」

涼子が丈治に目で合図する。丈治はゆっくりピストン運動をはじめた。

「はぁんっ……大きいのが動いて……やぁんっ、気持ちいいっ」

麻美が大声で悶えた。

「窓が開いたままだから、声を出すと聞かれちゃうよ……声、こらえてみて」

涼子がそう助言するが、涼子自身も麻美の乳房を両手で愛撫して感じさせている。

「これをこらえるなんてっ、くっ、うっ……」

奥歯をかんで、両手で口を押えても、くぅんっ、きゃんっ、と声が漏れている。

しかし、興奮をこらえればこらえるほど快感が深くなるらしく、蜜肉のうねりは強くなり、愛液の量も増えていく。

「まだ、声が大きいよ。もっと、がまんして……」

涼子はそうささやきながら、いじわるにも両の乳頭をクリクリいじっている。女性ふたりがくりひろげる痴態は丈治の本能を刺激していた。

麻美を気遣ってゆっくりだった律動が、やがて速いテンポのものに変わっていく。

「ひっ、ふ、ふごひっ……気持ちいいっ、はひっ……」

たくしあげられたサマーニットの下で大ぶりの乳房を上下させ、スカートをはいたまま身もだえる麻美の姿は卑猥だ。

(服を着たままのエッチって、思った以上にいやらしいし、燃えるな……)

やわらかな尻に腰を打ちつけながら、丈治は麻美の媚態を眺めて興奮していた。

いきなり3Pなんてできるはずないと思ったのに、涼子の進行がいいのか、気づいたら、丈治は麻美と交わっている。

「ひ、いい、イクっ」

丈治がかかえていた太ももが汗で濡れていた。筋肉が不随意に動き、痙攣がはじまっている。内奥もヒクヒク蠢きはじめ、丈治の射精本能を刺激する。

こらえがきかなくなった丈治は、発射前のラッシュで麻美を責めはじめた。

「あひっ……はううっ……いい、いいっ、イクううっ」

麻美はまた秘所から愛液を噴出させると——弓なりになって、そのまま動かなくなった。あまりの快感に失神してしまったようだ。これから射精に向けてシフトアップする途中ではしごをはずされ、丈治は困惑した。

「二回目のセックスで失神するまで感じるなんて、幸せな子」

そう言って、涼子は半開きの麻美の唇にキスをした。

「出したくてしょうがないんでしょ。つづき、しようよ」

涼子が立ちあがって、丈治の肩を押す。そのまま、涼子は丈治の上に馬乗りになると、膝立ちになって腰の上にまたがった。

長い足の間から、白く粘り気のある愛液がしたたり、亀頭に落ちた。

「こっちもがまんして大変だったんだから」

涼子が丈治のペニスを握り、秘所へと導く。愛撫されていないにもかかわらず、そこは抵抗なく丈治の巨根を受け入れた。

スポーツクラブのインストラクターをしているだけあって、インナーマッスルも鍛えられているのか、締まりは力強い。

「ああ……丈治の、すっごくいい……」

涼子は己の裸身を見せつけるように反りながら、双乳をもんでいた。

腰はクイクイとグラインドし、男の欲望をそそっている。

「先輩のもすごいです……ああ。すぐイッちゃいそうだ」

「うふ……出してもいいよ。若いから、すぐに回復するでしょ?」

そう言われると、逆に限界までがまんして、その前に涼子をイキ狂わせたくなってきた。丈治は引き締まった腰をつかむと、下から思いっきり腰を跳ねあげる。

グチュ……！

子宮口が切っ先にあたり、双方ともに快感に身もだえる。

「あふっ……あうっ」

涼子は大声を出しそうなところを、己の手の甲をかむことでこらえた。

丈治は情交に次ぐ情交で、体中汗で濡れていた。それに加えて、射精をこらえるがまんの汗も浮いている。

「声を出しちゃダメですよ、先輩も……」

そう告げて、子宮口を穿つように奥を連打する。

「くうっ……ううっ」

涼子は懊悩《おうのう》の表情を浮かべ、必死に唇を結んで声をのみこんでいた。

さっきまで女王のようにふるまっていた涼子が、汗と愛液をまき散らしながら快感をこらえている姿は、丈治をそそるものだった。

中に入ったままのペニスの反りがきつくなり、涼子の膣の上側をなでる。

亀頭がざらついた感触に震え、先走り汁をどっと吹きこぼしたが——涼子もまた肩をヒクつかせ、結合部から白濁した本気汁をあふれさせていた。

「くうう……イク……そこ、弱いの、ひ、いいっ」

切っ先がＧスポットをなでていたらしい。丈治は腰の位置を少し変え、そこに絶え間なく亀頭があたるようにして律動をはじめた。

グッチュ、ヌッチュ……。

和室にすさまじく淫らな音が響きつづける。

「俺は回復が速いから、すぐにまたイカせられますよ」

この数日間で経験を積んだおかげで、丈治はすぐにこの異常な状況に順応した。

「いやいや……もっとじっくりしたいのにっ……はっはうっ」

涼子の相貌から汗が飛び散る。しかし、巨根の突きがもたらす快感と、声をこらえることでふくらむ官能で、秘所からあふれる蜜汁は濃厚になるばかりだ。

「先輩がリードしないで、俺にリードされていいんですか」

丈治も額に汗を浮かべながら、涼子を煽る。

涼子は悔しそうに唇をかんだが、丈治の腰の動きに翻弄され、言葉を返す余裕もなさそうだ。内奥の蠢きが激しくなり、丈治は射精に向けて律動を速める。

「あうっ、ひっ、い、いい、太いのでくるっ。きちゃうっ」

涼子の声が大きくなる。快感がこらえきれず、腰をグラインドさせながら喘ぎつづける。ふたりの結合部からは派手な汁音と、色の濃い欲望汁が飛び散っている。

「涼子さん、ダメですよ……そんな大きな声、出しちゃ」

麻美が背後から涼子を抱きしめていた。失神から目を覚ましたようだ。

自分がされたように、乳頭をつまんで愛撫している。

「あふっ……むうううっ」

麻美は涼子の唇をキスで封じて、声を吸いこむ。ふたりは唇の間でなまめかしく舌を往来《ゆきき》させながら、リズムを合わせて腰をふっていた。

(なんて光景だ……もう、がまんできないっ……)

パンパンパンッ!

丈治が猛烈なラッシュをくり出すと、涼子の尻と丈治の腰がかわいた音をたてる。

絶頂が近い涼子の子宮が下りてきていて、丈治の切っ先に子宮口があたりつづける。

「むううっ……ひくっ、ひくうううっ」

涼子はくぐもった声でそう叫ぶと、大きくのけぞった。

膣肉が四方からペニスをくるみ、内奥に吸いこむように蠢く。

「おお、もう、イクっ。もう、出るっ」

ドクン!

涼子の膣内でペニスが大きく跳ねた。ドクドクと音をたてながら、白いマグマは噴出し、涼子の膣襞を白で覆っていく。

「おおう……むううっ……」

最後の一滴まで膣で飲みこんでから、涼子は腰を丈治の上からおろした。

ハァハァと荒い息をしながら、余韻に浸っている。

筋肉質の太ももには、愛液と白濁のまざったものが垂れている。

「あの、涼子さん、私、丈治さんと涼子さんのエッチなお汁、飲んでみたいです」

麻美がおずおずと言った。丈治はそれを聞いて耳を疑ったのだが――。

「ふふ……私も……麻美、私の中に残っているのをすすっていいよ」

涼子が大股を開いた。そこに麻美が頭を突っこみ、音をたてて白濁液と蜜汁を吸引する。達したばかりの媚肉にこの吸引は強すぎたらしく、涼子は甘い声をこらえながら、その様子を見ていた。

「ねえ、そのお汁、私にも飲ませて……」

涼子が口を開くと、麻美が口内にためていた愛欲のシェイクをすぼめた唇から垂らす。それを舌で受けると、涼子は飲みほした。

「三人のお汁がまざってて、すっごくおいしい。じゃあ、おかえしね」

涼子が座卓の上にあったウエルカムドリンクを口に含むと、麻美の太ももを合わせて、そこに垂らした。無毛のデルタ地帯が、肉の器となる。

涼子が丈治に「遅いけど、ウエルカムドリンクだよ」と声をかける。

丈治と涼子は顔をよせると、ふたりで麻美の秘所にあるスパークリングワインをすすった。人肌のぬくもりと、愛液がまざり合ったワインは、放出したばかりでけだるくなっていた体に活力を送る。

「んぐ……ちゅるっ……麻美味のワイン、すごくおいしい」

もうワインがなくなっても、涼子と丈治は麻美の秘所を舐めつづけていた。

涼子の吸引は強く、デルタ地帯から卑猥な音がたつ。音がたつほど吸うということは、吸われる側もそうとうな快感を覚えているということだ。

「ああん、がまんできないです。私、もっと涼子さんと丈治さんがほしい」

麻美は服を脱ぎすて、裸体になった。

引き締まった涼子の肉体とは対照的で、やわらかそうで男好みの肢体をしていた。

「やる気になっちゃったね。じゃあ、まずは私のあそこを味わってみて」

涼子が足を開くと、麻美はまたそこに顔をうずめて愛欲液をすする。

と、丈治に涼子が目で合図をしてきた。視線の先には、揺れている麻美のヒップがある。そこからは、スパークリングワインと愛蜜の香りがふりまかれていた。

無毛の肉盃でワインを飲んだことで興奮し、ペニスに血流が送られていた。

愛欲の香りをふりまく男根をしごきながら、丈治は麻美の背後にまわり——。

ジュブッ……！

いきなり肉棒で奥まで貫いた。

「はうっ……むううっ」

達してこなれた麻美の蜜肉は、涼子の内奥とは違うやわらかな締まりで丈治の欲望をかきたててくる。丈治は豊満な尻に手を置いて、今度はいきなりトップギアで律動をはじめた。

パンパンパンッ！

尻からは小気味いい音が鳴る。

「ひいいっ、いい、気持ちいいですっ、あうっ」

蜜壺の締まりがいきなり強くなり、愛液が肉割れから噴き出ていた。

「マゾっ気があって、あそこの中も最高で……麻美さんは最高の体の持ち主ですよ」

丈治はそうささやいて、律動を強めていった。

「あんっ、あんっ、あん……あ、ありがとう……すごく、うれしい……」

麻美はふり向いて笑顔を見せた。

出会ったころの暗さはそこにはない。
(さて……今日はふたり相手で忙しくなるな……)
麻美が達したら、次は涼子を、それから、ふたりを……。
どんなプレイをするか、想像ははてしなくひろがる。
まだホテルに着いて風呂にも入ってないのに、最初からこれでは思いやられる。
しかし、丈治の胸は淫らな期待で大きくふくらんでいた。

第六章　最高の一夜

1

「山本、青春18きっぷで戻ってきたんだって？」

隣に座った島田《しまだ》が、カルピスサワーを手に聞いてきた。

少し酔いがまわっているのか、声が大きい。

「ああ。五日間、だいたい鈍行に乗って、東北六県移動してきたよ」

「マジで？　ケツ痛くなりそうな旅行だな。いまならバスのほうが安あがりなのに」

島田が顔をしかめている。阿久津のような鉄道好きではない人間からすると、鉄道旅行は退屈といったイメージがあるらしい。

「ええっ、いいと思うけど、東北六県っていうと、どんなルートとったの」

島田の隣にいる、三上《みかみ》が興味津々といった様子で身を乗り出した。

「福島で白河ラーメン食べて、さざえ堂に行って、それで山形で山寺、宮城では松島、それから岩手の盛岡で冷麺食べて、それから花輪線で湯瀬温泉に行ってから大館に行って……で、弘前方面から帰ってきたんだ」

「最後、秋田通ったんでしょ？　やっぱり、きりたんぽ鍋とか？」

「いや、時間がなかったから、駅弁にしたんだ。ほら、大館駅に有名な駅弁あるだろ。鶏めし弁当。それの直売所が駅前にあるから、そこで買って食べたんだ」

三上が「ああ、日本一の駅弁でしょ！」とうなずいた。

この説明だと、鉄道とグルメ目的の旅行に聞こえる。しかし、実態は夜ごと美女たちと濃密な時間をすごしていた。

丈治は、テーブルの反対側の端に座る津島詩織をチラッと見た。

女子だけで集まって話しており、朗らかに笑っている。

白い肌に桜色のリップが似合っていた。明るい色のミディアムヘアとノースリーブのワンピース姿のせいか、高校を卒業したころより、数段大人びて見えた。

（津島はきれいになったな……それに比べて、俺はどうなんだろう）

丈治はビールをあおった。旅行に出る前は苦手だったビールが、この旅の間に好きになっていた。なんとなく、女性たちにつき合って飲んでいるうちに旨さがわかるようになったのだ。

（それとも、いろんな経験して大人になったたっていうのもあるのかな……）

丈治は、この五日間のことを回想した。

昨日は、女性ふたりに体力がつきるまで相手をした。

麻美は達するごとに自信を取り戻していったようだ。別れるころには、晴れやかな顔に変わっていた。

涼子からは、この夜のことは心にしまっておくように、と言い含められている。

（ま、誰かに話しても、信じてもらえないよな）

そう思って、思い出し笑いをする。

「ちょっと、山本、いきなり、ひとりで笑うと気持ち悪いぞ」

島田が顔をしかめる。

「なんかいい思い出でもあるんだ……ねえ、教えてよっ」

三上にせがまれても、丈治は笑ってごまかした。

青森の駅前にある居酒屋でクラス会は開かれていた。

三十人ほど集まる宴会なので、長いテーブルふたつに分かれて飲んでいる。

いちおう、進学校なので卒業後はほとんどの同級生が大学に行っていた。二回生になっている者もいれば、一浪して難関校に入った者もいた。

最初はあちこちで静かに進められていた会話も、いまでは大きな声を出さないと隣の声が聞こえないほど賑やかなものになっている。

そこに、大きく手をたたく音が響いた。

「おーい、一次会はここでお開きだ。二次会は別な場所に予約しているから、そっちに移動開始してくれ」

幹事の戸崎が声をかける。

「山本は二次会、行くのか」

島田に聞かれ、

「う、うん」

と、丈治は答えた。そう言ってから、詩織のほうを見た。彼女はこちらをあまり見ようとしない。何度か視線が合うけれど、すぐにはずされてしまう。

(やっぱり、脈なしか……)

しかし、一度正面からまた告白して、そしてあきらめようと丈治は決めていた。

嫌われていることを確認することになるかもしれないし、詩織にも迷惑かもしれない。でも、はっきり言われないと過去から動けないままだ。

店を出て、なんとなくグループをつくりながら、一行は二次会の店に向かっていた。

新町通《しんまちどお》りを通って、青森県観光物産館《あおもりけんかんこうぶっさんかん》アスパムの前の大通りをわたる。

海のそばにそびえ立つアスパムは十四階立てで二等辺三角形のビルだ。

独特な形から遠くからでも目立つ、青森市の名所のひとつだ。

アスパムの裏手には青《あお》い海公園《うみこうえん》があり、そこにはその年運行されるねぶたの制作場所兼祭りが終わるまで保管するためのねぶた小屋と、ねぶた祭最終日の海上運行と花火大会の有料観覧席が設置されている。

どおおおんっ、という腹に響く低い音の少しあとで、上空で光がはじけた。

今日、八月七日は青森ねぶた最終日だ。ねぶたの最後の日、七日日《なぬかび》は昼間運行をして、それから夜に花火大会と海上運行が行われる。

周囲から歓声があがった。

青くライトアップされたアスパムの真横で白銀の菊が大空に華を咲かせていた。

海上運行と花火大会が佳境に入ったようだ。

各賞をとったねぶたは台に乗り、海の上で勇壮な美を披露する。

ねぶた師にとっても、ねぶた運行団体にとっても、その年最後の晴れ舞台だ。

海を行くねぶたの背後では花火が打ちあがる。

ねぶたが終われば、青森の夏は終わる。

海を行くねぶたは、夏を見送る灯籠流しのようでもある。

海上運行の様子は岸壁や青い海公園でないと見られないが、花火だけならこの辺の道路でも見られる。家族連れやカップルが歩道で足をとめ、空を見あげていた。

アスパムのまわりは、イカ焼きやかき氷といった出店が並んでいて、祭りの最後を盛りあげていた。

「きれいだね、花火」

空を見あげていた丈治の耳に、懐かしい声が飛びこんでくる。

詩織が隣に来ていた。

「……ひ、ひさしぶり。ＬＩＮＥ、ありがとうな」

落ち着きはらって言ったつもりだったが、最初のひと声は軽く裏返っていた。

「うん、ひさしぶり。来てくれて、うれしかった」

詩織の声はいつもどおりおだやかだ。

ふたりは、一団となった同級生たちの最後尾を歩いていた。

「元気?」

聞くことがなくて、こんなことしか言えない自分が情けない。

「うん」

会話は弾まなかった。

「お、俺、青春18きっぷで帰ってきたんだ」

「聞こえてた。三上ちゃん、声が大きいから。楽しい旅行だったみたいだね」

「う、うん」

楽しかった。退屈だと思った鈍行列車も、その土地土地の空気も、景色も、名所も、食べ物も——毎夜、違う女性たちと疲れはてるまで体を重ねたことも。

「ねえ、なんで……わざとゆっくり旅行したの」

花火が空で青白い光を放ちながらひろがり、蜂のような音をたてて四方を舞う。

空を覆う青色のために詩織の肌の白さがきわだち、陰影のついた相貌に帯びる憂いを浮きあがらせていた。

「なんでって……東北をゆっくり見たことなかったし、食べたいものもあったしさ」

そう答えながら、それは言い訳でしかないことに、丈治は気づいた。

(はやく着きたくなかったんだ……このときが怖くて)

時間を贅沢に使って、知らない土地を見て、はじめてのものを食べたのも、今日、こうして詩織と再会するときを少しでも遅くしたかったからなのかもしれない。

ずいぶんと臆病な理由で、ちょっと情けなくなる。

「ふうん。ひとり旅、満喫したみたいだね」

上空で開花した花火から数秒遅れて、また重い打上音が響く。

「……ごめん」

丈治はずっと心にとどめていた言葉を告げた。

「ごめんって、なにが」

「あのとき、津島につらい思いとかさせて……」

詩織が足をとめ、丈治のほうを向いた。花火はクライマックスなのか、次々と打ちあげられ、詩織の頭上では花火が瞬いている。

そんななか、詩織の握りこぶしがポフッと丈治の胸にあたった。

「ごめんって、私が謝る前に言わないでよ」

詩織は泣き笑いの顔でこちらを見ている。

「不注意だったのは私たちふたりで……山本は失敗したのをずっと悔やんでいっぱい心配してくれたじゃない。私は自分のことしか考えないで、連絡も取らないでいた」

それから、うつむいた。

「自分のことばっかで、山本からのメッセージも無視して……だから、もう嫌われたんだって思ってた」

詩織の沈んだ表情とは対照的に、空は一面の花火で彩られている。

打上音も連続し、お互いの声が聞き取りにくくなる。

「き、嫌ってないよ。そんなことない」

丈治は詩織の両腕をつかんだ。

花火の音に負けないように大声で、

「俺はいまでも津島が好きなんだ！」

と叫ぶ。

あたりに丈治の声が響きわたった。

打ちあげが終わったのか、大きな音はやんでいた。

「えっ。あっ、し、しまった」

丈治は慌てて見まわす。

家族連れやカップルが気づいて、チラチラ視線をよこしている。

同級生のグループが視界にいないか探したが、詩織と丈治が会話をしているうちに、先に行ってしまったらしい。それに気づいて安堵したが——。

周囲から、口笛や拍手の音が聞こえてきた。

(花火に合わせた告白と勘違いされてる)

詩織の手を取って、丈治はそこから速足で逃げ出した。

「ねえ、山本、どうするの」

「どうするって……」

詩織が足をとめて、丈治を見つめている。

「私の返事も聞かないで、どうするつもりなの!」

丈治の先ほどの叫びに負けないような大声だった。

「あっ、へ、返事……」

自分の告白に夢中で、詩織の返事をすっかり忘れていた。

正直、思いを伝えたあとは、冷たくあしらわれると思っていたので、それから先について考えるのをやめていたのだ。

「私も、いまでも好き!」

詩織が叫ぶ。

「だから……どうするの……このまま二次会、行くの。それとも……」

丈治の喉は次の言葉への期待から、ごくりと鳴った。

「あのとき失敗したことのつづきをするの？」

消え入りそうな声だ。

あの夜の失敗がはじまりだったなら、やり直すためには、あの夜を乗り越える必要がある。詩織はそう思っているのだろう。

「無理しなくていいよ。つらいことを無理してやるのはいやだろ」

周囲の視線が痛いが、もう気にしているときではない。

「大丈夫だと思う……今度は、きっと……いまの山本は私のことも、自分のこともわかってる感じがするから……」

そう言って、詩織は背のびをすると、丈治にキスをした。

2

シャワーを浴びた丈治は、ベッドの上に横たわって天井を見ていた。

昨日のハードな一夜の疲れはまだ残っているが、いまは詩織に思いを伝えられただけでなく、相思相愛だったとわかったことで心も体も舞いあがり、軽い。

（旅がはじまったころ、こんなふうになるなんて想像もできなかった）

ふたりは、そのまま徒歩でラブホテルに入った。

ねぶた期間はどこのホテルも埋まっているが、このホテルのいちばん高い部屋は残っていた。財布は痛むが、そんなのは東京に帰ってからバイトで稼げばいい。

丈治は部屋を見まわした。白を基調とした壁紙のアクセントとしてダークブラウンの調度品が置かれている。ザ・ラブホテル、といった浮ついた雰囲気のない部屋で、丈治は少し落ち着いた。

友人たちには、二次会キャンセルと連絡し、それからスマホの電源をふたりとも落とした。あとでいろいろ言われるかもしれないが、今日のところはこれで邪魔は入らない。

（あれからいろいろ経験したな……嘘みたいな毎日だった）

丈治と体を重ねたさまざまな女性たち――彼女たちのおかげで、未熟だった丈治は自信をもって詩織を抱くことができる。

丈治はバックパックから紙袋に入ったコンドームを取り出した。大きめサイズのものを、青森駅についてから買っておいたのだ。

期待があったわけではない。ただ、いままでベッドをともにした女性たちはピルを飲んで避妊をしていたが、これから出会う女性もそうであるとは限らない。

せっかく楽しいひとときをすごしても、そのあとに苦い思いをするのではいい思い出が台なしになる。それで買っていたのだ。

（それがこんなにはやく役にたつなんて……）

準備していたと詩織に知られたら、がっかりされるだろうか。丈治は、ベッドのヘッドボードにティッシュと並べて置いてあったコンドームを自分が買ってきたものに置き換えた。これで大丈夫だ。丈治が胸をなでおろしたところで、

「ねえ、山本」

詩織が声をかけてきた。

丈治は飛びあがりかけたが、平静を装ってふり返る。

白いタオルで前を隠した詩織が、頬を桜色に染めていた。

「いっしょにお風呂、入らない？　広いからふたりでつかると気持ちいいと思うの」

「そ、そうですね。広い風呂だし、気持ちいいと思います」

緊張のあまり、不自然な口調になってしまう。

「なに、その言い方、おかしいよ、山本」

詩織がぷっと吹き出した。緊張がほぐれてふたりともクスクス笑う。

丈治が体を起こして歩き出すと、腰に巻いていたタオルがはらりと落ちた。

「あっ」

詩織が手で顔を覆う。

「でかいよな。ごめん、津島とできるって思ったら、こんなになっちゃってさ」

丈治は詩織の手を取って、風呂に入った。

「体、もうきれいに洗った？」

「うん……」

詩織が顔を真っ赤にしながらつぶやく。

丈治は詩織を抱きよせ、自分の腰の上にのせた。

「熱いのが……あたる……」

「こっちばっかり気にしないで……俺を見て。俺、津島にキスしたくてしょうがないんだ……」

二年間、夢に見ていたキスだった。

詩織の唇に唇を押しあて、軽くついばんだあとで、唇を開いて舌を入れる。

舌が、丈治の舌を出迎えてきた。舌は唇の間でもつれ合い、くちゅ、ちゅと音をたてる。ふたりの動きで、湯が波立つ。

「んっ……ちゅっ……あん」

詩織が甘い声を出した。

太ももにペニスがあたるだけで射精してしまいそうだ。好きな相手とだと、こうも敏感になるのかと丈治は驚いていた。全身が性感帯になったようで、軽く触れるだけで脳天までしびれそうだ。

(でも、気持ちよさに浸っていちゃダメだ)

丈治は湯の中で詩織の内ももをなでた。指の腹で膝のほうから軽くかくようにしてなでる。それから腿の中心へ、そして足のつけ根へと滑らせていった。

指が秘所に近づくにつれて、詩織の肌がヒクつきはじめた。

(感じてる……梨央さんのおかげで、自分が巨根だってわかったから……だから、じっくり愛撫してほぐさないと……)

会津若松の夜を思い返しながら、丈治は指を秘裂の近くへと到達させた。

すぐに秘所は触らない。繊毛のあたりで円を描きながら、じょじょに中心部へと指をたどらせていく。ようやく媚肉に触れたとき、湯の中で詩織の肩が跳ねた。

「津島、怖い……？」

「うんん。違うの……なんか、すごく気持ちよくて。感じちゃうのが恥ずかしいの。

山本にいやらしいって思われちゃうのが……」

　詩織が切れぎれの息でささやく。

「ここはラブホテルだから、声を出しても大丈夫だよ」

　丈治は指で媚肉をさっとなでた。

「ひゃうっ……そうじゃないの。き、嫌いにならない？　エッチだってわかったら」

「津島にエッチなことしてるの俺だよ。たぶん、俺のほうがエッチだし……俺はエッチな津島も好きだ。そんな津島が見たいんだ」

　赤くなった詩織の唇を奪い、また舌をからめる。丈治は舌を吸いながら、詩織の唾液をも吸った。詩織の唾液は甘くて、媚薬のように男を興奮させる。

「ふうんっ……はぁんっ」

　詩織の反応が激しくなる。丈治は愛撫をもっと深めることにした。

　親指をそっと陰核にあてる。

「くうっ」

　敏感な部分への刺激に、声が高くなった。

　媚肉で蠢く指も、紅襞からその中心のとば口へと移している。中指でとば口をなでつづけると、そこがほどけてくるのがわかる。

「指、挿れるから……痛かったら、言って」

丈治は慎重に指をうずめた。詩織の肩が上下し、ちゃぷ、ちゃぷっと波の音が浴室に響く。二年前にタイムスリップしたようだ。

詩織の肉襞は硬く、そして締まりがいい。

(でも、やり方を知らないあのころの俺とはもう違う)

丈治は自信をもって指を進めていく。

指一本が根元までうずまったところで、ゆっくり上下させた。

「くうっ、はぁうっ」

詩織の控えめな喘ぎ声が耳をくすぐる。

指をピストンさせるうちに、詩織の体はせりあがり、いまでは浴槽の中で両膝をついている。目の前に白い双乳と、サクランボ色の乳頭があった。

丈治は、うっとりと乳首を唇に含んだ。

「あんんっ……んんっ……」

奥歯をかんで、こらえているのがいじらしい。

指に、粘り気のある液体の感触がきた。

(濡れてる……次に進もう……)

丈治は指を二本に増やした。中指に人さし指を添えて、ゆっくりしたリズムで上下させる。その間も、唇で詩織の乳頭を交互に吸う。

欲望のままに、乱暴にやったら台なしだ。あくまでソフトに、やさしく。

(昨日、ふたり相手にしたせいか、すっごく落ち着いている)

体力と精力の限界まで自分を追いこんだおかげが、初体験のときのように己の快感に貪欲ではなくなっていた。

詩織のほうも、指二本を難なく受け入れ、喘ぎ声をあげている。

(たっぷりほぐれたな……だったら……)

丈治はピストンのピッチをあげた。

「ひゃあっ……ひゃんっ」

詩織の尻が水面からあがり、チャプチャプと音をたてる。

胸を突き出しながら愛撫され、媚肉を指でかきまぜられるうちに、詩織は尻を揺らしていた。意識していないだろうが、清楚な雰囲気の詩織らしくない淫猥なポーズだ。

「声、出ちゃうのっ……恥ずかしい……のにっ」

白い肌を桜色に染め、細い体をしならせている。

経験豊富な女性たちとは違う、恥じらいある反応がたまらない。

抜き差しさせながら、丈治は指の角度を少しずつ変えていく。指先の感覚を鋭敏にして、詩織の急所がどこかを探りつづけていた。

(あっ、ここだ……)

指が膣内のざらっとした部分に触れる。

「あひっ!?」

膣内に走った未知の快感に、詩織は声をあげた。

場所を探りあててからの丈治の動きはすばやかった。指先を軽く曲げ、詩織の急所、Gスポットを刺激しつづけた。

「ああっ!?　ああんっ、あああっ、や、山本ぉ、いやぁんっ」

詩織が尋常ではない反応をしめした。両腕で丈治の頭を抱いてくる。

丈治は視界を遮られながらも、指を執拗に動かしつづけた。内奥の一点を責めて、詩織の女壺をほぐしていく。

「ひいっ……いいっ。すごく気持ちいいっ……ああんっ……変っ、変なのっ」

丈治の頭を抱く力が強くなってきた。薄い肌越しに、心臓がトクトクと速い鼓動を打っているのが聞こえる。快感に耐えきれず、詩織の尻は逃げつづけ——そして、いまでは完全に湯から下半身が出てしまっていた。

丈治が指を抜き差しさせると、秘所が放つ卑猥な水音が浴室に響きわたる。

「こんなに濡れて、感じて、いやらしい音をさせて、すごくいいよ」

言葉で詩織を煽る。少し辱めるのが快感のスパイスだと山形の燈子から教わった。

丈治の言葉を受け、詩織の桜貝からねばっこい愛液がどっとあふれる。

腕が上下するたびに響く水音と、詩織の秘所がたてる愛蜜の音が重なり合う。

「いやあ……そんなふうに言われたら……はふっ、ひっ……いい、イキ、そうっ」

詩織は耐えきれず、そう漏らした。

「いいよ。お風呂でいきなりイクような、エッチな津島を見せてくれよ」

丈治は指ピストンのピッチをあげ、しつこくGスポットを刺激する。

「いやんっ、そんなエッチな姿を見られたくないっ」

「見たいんだ……俺が……」

丈治は詩織の乳頭を強く吸った。

ジュビビビッ！

恥ずかしい音が、ふたりの鼓膜を打つ。

そして絶え間ないGスポット責めと言葉責めで詩織が昂ったところで、丈治が女芯をくすぐった。

「あうっ、そこはダメ。あんっ、いい、イクイクっ、イクぅっ！」

詩織は弓なりになって四肢を硬直させる。と――。

ブシュブシュッ！

詩織の秘所から蜜汁が噴き出して、湯船の中に降りそそいだ。

3

「嘘みたい……私の体、おかしくなっちゃったのかな」

詩織は丈治の腕の中で頬を真っ赤に染めていた。潮を噴いたことを恥ずかしがっているらしく、丈治と目を合わせられないでいる。

丈治は詩織の恥ずかしさを少しでも紛らわせるため、部屋の灯りを調節して、薄暗くしていた。

「違うよ。津島が素直になったから……それに、気持ちよくなろうってお互いがんばったからだと思う。だから、そんなに照れないで」

ベッドに場所を移して、丈治が詩織に腕枕していた。

「……山本って彼女がいるの？　すごく慣れてる感じがする」

詩織の表情が翳《かげ》る。

「彼女はいないよ。本当に。本当だって。大学に行ってからも、合コンとか行っても帰りは男友達とふたりでラーメン食って帰るだけだし」

「なに、それ」

詩織が笑った。これは本当だ。阿久津と合コンに出てみるが、気づけば二次会のメンバーからはずされ、結局は駅前の中華料理店でふたりで二次会をして、阿久津の乗り鉄話を聞いている。

「そいつのおかげだよ。旅に出ようと思ったのも……エッチがちょっと上手になったのは、その……たまたま出会って親切にした女の人たちが教えてくれたんだ」

「なんか、妬《や》けるな。どうして、その人たちは山本に目をかけたんだろ」

丈治の目が泳ぐ。偶然や幸運、それ以外のなにものでもない。そう思っている。

「わかんない？　たぶんだけど、山本の中に安心できるものを見たからじゃないかな。だから、教えてくれたんだよ。山本の親切が、その人の欠けたなにかを満たしてくれたなら、お返ししたくなるじゃない」

詩織が丈治の頬に手を置いて、引きよせた。

薄茶色の瞳が、丈治をじっと見つめている。

「その人たちにとって忘れられない人になっちゃったね、山本。私が山本を忘れられなかったみたいに」

「津島もなのか……俺、本当に津島のことだけ、ずっと考えていて……」

詩織が丈治に口づけた。今度のキスは、最初のときより、ずっと時間をかけた。

唇も、舌も、唾液も、歯列も、すべて味わいつくすように、お互いに吸い合う。

(そうか、みんな、どこか欠けていて……それを埋めるものが必要だったんだ。そこに俺がたまたまいたんだ。だったら、今度は津島の欠けたものを、俺が……)

丈治は詩織を抱きよせて、さらに深いキスをする。

「さっきから、山本に気持ちよくしてもらってばかりだから、今度は私がするね」

詩織が起きあがり、丈治の下半身に顔をよせる。

「いいって、そんなに無理しなくても」

「違うの。無理じゃない。私がしたいの……だって、さっきあんなことになってから、エッチなことをしたくて仕方がないの」

はかなげな瞳が潤んでいた。軽く赤くなった相貌の可憐さと美しさに胸が高鳴る。

詩織の白い手がアッパーシーツをめくると、布地を押しあげていた剛直が顔を出す。

「やっぱり、大きいね……」

詩織がそう言いながら、相貌を男根によせていく。

視線を感じて、恥ずかしさに丈治は枕をつかんでいた。

どんな相手と体を重ねても、好きな相手との行為は別格なのだ、と改めて思い知る。

「山本、いくよ……」

詩織が瞳と同じ薄茶色の髪をかきあげる。象牙色の貝がらのような耳があらわになる。耳たぶだけがうっすら朱に染まっているのが、詩織が照れているのを感じさせて色っぽい。

「ほんと、大きい……がんばるね……」

詩織が丈治の一物の根元を両手で包んだ。へそに向けて反り返っていた男根が少し真上に向き、くわえやすくなる。桜色の唇が開いて、赤黒くふくらんだ亀頭を口内に導き入れた。

チュプッ……。

唾液がいやらしい音をたてる。

「んっ」

丈治の下腹が跳ねる。

この数日、数々の女性の口淫を受けてきたが、詩織のは別格だった。

技巧だけが快感を生み出すのではなく、相手への思い入れこそが快感を大きくする要素だと丈治は悟った。

「私で、もっと感じて……」

丈治の反応を見た詩織が、口を大きく開いて、亀頭を口内でくるんだ。

熱い息が亀頭にかかり、濡れた口腔が肉竿を包む。熱く潤んだ感覚に、丈治は快感のため息とともに、鈴口から先走り液をあふれさせていた。

「んっ……ちょっと、しょっぱい」

そう言いながら、詩織の口もとはほころんでいる。

自分の口淫で感じてくれているのが、うれしいようだ。

チュバ……チュッチュッ！

肉棒が詩織の喉奥ちかくまでのみこまれる。

ペニスが長大すぎるので、詩織の小さい口には入りきらない。根元の部分は手でしごいている。詩織の口と手で、男根がくまなく愛撫されていた。

「あっ……津島……上手だ……すごく、気持ちいいっ……」

詩織が頭を上下させるたびに、よだれが銀の糸となって肉棒にからみつく。そして、垂れた唾液をローションがわりにして、根元をしごく手の動きもなめらかだ。

（もしかして、俺が誰かから教わったみたいに、津島も……）

誰かに抱かれたかもしれない。

だが、それを怒る権利も必要も、丈治にはない。

大事なのはいま、この瞬間だけだ。この瞬間のために丈治が積み重ねてきた夜があるならば、それは津島にあってもあたりまえのことだ。

（でも、ちょっと妬ける……それは津島もいっしょか）

丈治はフェラチオをする詩織の横顔を見ていたくて、顔にかかる髪を何度もかきあげた。そうするうちに、丈治の鼻先に濃厚な牝のアロマが香ってきた。

視線を双臀のほうへ移した。風呂からあがったあと、バスタオルで拭いたはずなのに、美しいカーブを描くヒップは濡れて光っている。

「俺の顔をまたいで……俺も津島を舐めたいんだ」

声をかけると、詩織が眉をひそめた。亀頭から口を離す。

「恥ずかしい……だって、あそこがまる見えじゃない……」

「だったら、部屋の明かりを消すからさ」

そう言って、丈治は枕もとの調光器をオフにする。

部屋に闇が訪れた。聞こえるのは、お互いの荒い息だけだ。

「じゃあ、いいよ……」

詩織が丈治のほうに動き、顔にぶつからないように注意しながら、膝をあげてまたいだ。むわっと、ムスクよりも濃厚で、それでいてさわやかなアロマが鼻腔を突き抜け、脳髄をしびれさせる。

(位置は指で探りながらでもわかる……はず)

連日、指で、舌で女性器の形をたしかめてきた。

丈治は指を淫裂に這わせて、位置をたしかめる。白桃を握って左右に開くと、ミチャッと音がする。蜜壺の口が開き、また淫花の匂いが濃厚になった。

(音がしたところが膣口なら……そのちょっと下にクリトリスがあるな……)

縦すじの下のほうへと指を這わせて、とがりはじめた女芯を探りあてた。達したばかりで火照った女陰は、指で少しいじられただけで淫蜜をあふれさせる。

丈治は親指で女芯をくすぐるようにしながら、とば口に舌をねじこんだ。

「むううっ……ふうっ……ふうっ……」

鼻から甘い声を漏らしながら、詩織はフェラチオをつづけていた。

感度があがるたびに口内の温度があがり、肉棒への快感も増していく。

丈治は詩織に負けないように、舌を抜き差しさせ、指でクリトリスをいじる。

「はっはっ……」

「あふっ……ふぅんっ……あんっ、あんっ……」

ふたりの吐息が重なり合う。

丈治のペニスだけでなく、陰嚢まで詩織のよだれで濡れていた。丈治の口もともまた、詩織の淫蜜で顎まで濡れている。

とがった女蕾を指でくすぐるたびに、いやらしい水音が放たれる。

(見てみたい……詩織のあそこ……でも、電気をつけたら雰囲気が台なしだし)

そこで丈治は思いついた。枕もとのスマホを手に取り、懐中電灯モードにして詩織の股間を照らした。

「ひゃうっ……やめっ……はうっ……」

突然の光に慌てた詩織がふり向いてやめるよう言おうとしたが、丈治はとば口に指を挿入してその言葉を封じた。

サーモンピンクの肉薔薇が、花びらの合わせ目で丈治の指二本をきゅっとくわえながら、白みがかった純愛のしずくをこぼしている。

「どうしても、津島のここが見たくて。きれいな色にきれいな形だ。指が動くたびにヒクヒクしてる……見てるだけで興奮しちゃうよ」

フェラチオでたぎっていたペニスが、さらに反り返っていた。

「やぁん……なんで、そういういじわるするの……」

泣きそうな声だが、蜜肉の反応は違った。あふれる蜜汁の粘り気が増し、香りも濃厚になる。羞恥心をかきたてられると、詩織も興奮するタイプのようだ。

「津島のあそこを見ていたら、がまんできなくなっちゃったよ」

スマホをヘッドボードに置くと、丈治は照明のつまみを調節して明るくした。丈治は顔の上にまたがっていた詩織をおろして、身を乗り出すと、その上に乗る。

身を起こすときに、自分サイズ用のコンドームを取った。

(今度は失敗しない。後悔しないようにセックスするんだ)

丈治が口にコンドームの袋をくわえて、ピリッとやぶいたとき——詩織が声をかけてきた。

「あのね、山本……大丈夫だから……」

詩織は最後まで言わなかったが、丈治にはなにを意味しているのかわかった。

「コンドームよりも失敗の少ない方法あるでしょ……それ、私してるの……だから、ナマで……きて……」

丈治の真下で、詩織がせつなそうにこちらを見あげている。

（二年前の失敗……津島は俺だけじゃなく、自分のせいだって思ってたんだ）

「いいの、ナマで？」

丈治は確認する。また失敗でつらい思いをさせるのは本意ではない。

「いいよ……ほしいの、山本が」

詩織が右手を伸ばす。丈治はその手をつかんで、自分の指と指とをからめ合わせた。

ふたりの手がきつく結ばれる。

「じゃあ、いくよ。痛かったら、言って……」

丈治は右手で巨肉を詩織の秘所にあてがった。たっぷりの愛撫と、一度達したことで媚肉はほころんでいる。

（大丈夫そうだ……）

丈治は亀頭をあてがい、ゆっくりと圧をかけていく。

ヌプ……プププ……。

つなぎ目で蜜が音をたてる。

縦すじが開いて、ふくらんだ亀頭を受け入れていた。

「はぁっ……すごいっ……大きいっ」

詩織が上半身をのけぞらせた。伏せたお椀のような形のよいバストが、フルっと揺れる。しかし、まだ亀頭の半分も入っていない。

「ここから、いちばん太いところになるけど……大丈夫？」

丈治が声をかけると、詩織が潤んだ瞳で見あげた。

「だ、大丈夫じゃないかも……」

その言葉に、丈治の背すじがこわばる。

「だったら、やめよう……無理させて、苦しい思い、させたくないし」

「ち、違うの。気持ちよすぎて、大丈夫じゃないかも……」

詩織はもっとほしいと体でしめしていた。亀頭を自ら受け入れようと、腰をくねらせている。あふれた愛蜜で、亀頭から竿肉までとろっと濡れていた。

「それだったら、俺もいっしょだ……」

敏感な亀頭を詩織のやわらかな蜜肉でくるまれ、丈治も快感のあまり全身にしっとり汗を浮かべていた。

詩織を思ってゆっくりペニスを進めていたが、がまんも限界にきていた。

「挿れたくて仕方がないんだ……ぜんぶ挿れていい？」

詩織がうなずいた。彼女もゆっくり挿入されるうちに、もっとほしくなっていたらしい。互いの思いが一致したところで、丈治は腰に力を入れた。

ズブッ、ジュルッと音をたてて、亀頭が詩織の中にのみこまれる。

「あふっ……私の中に入ってきたのっ。おなかが、山本でいっぱいになるっ」

突き出した詩織の胸に、びっしりと汗が浮いていた。快感の強さをしめすように、丈治の手を握る力も強くなる。

丈治は愛する人とひとつになった歓びと、膣の締まりに恍惚となっていた。

(先っぽしか入ってないのに、こんなに気持ちいいなんて……)

難所である亀頭のエラを受け入れてから、膣肉は貪欲だった。その奥にある襞肉が竿肉を求めて蠕動している。

初体験のときにはなかった動きに丈治はとまどいつつも、詩織もまた女性として成熟した証だと思って歓迎することにした。かすかな嫉妬を覚えながら。

「津島もほかの人としたんだ……」

自分もほかの女性と寝たように、津島もこの二年経験を積んだのだろう。

「したよ……山本を忘れようと思ってしたけど……ダメ。忘れられなかった。だって、山本じゃないとダメな体になってたんだもの。だから、お願い、思いっきりして」

詩織がぎこちなく腰を動かす。経験を感じさせない動きに、それほど男と寝たわけではないとどこかで安堵する。

丈治は詩織の望むまま、肉竿を思いっきり突き出した。

「あんっ……中がひろがっちゃうっ……ああぁんっ」

白い相貌が丈治の下で左右に揺れた。

結合部からいやらしい音を放ちながら、肉棒が詩織の中にのみこまれていく。初々しさの残る締めつけに、丈治の裏スジが心地よく刺激されていた。

「こっちも気持ちいい……」

丈治はうめいた。しかし、長大なペニスはまだ奥地まで至っていない。根元までうずめるべく、腰を進めると、先端が肉の座布団のようなものに触れる。

「はうっ……きゃああああんっ!?」

根元まで入ったペニスが詩織の子宮の奥を突きあげていた。肉棒全体を詩織にくるまれ、丈治はため息をついた。詩織に体を預けて、お互いの体温を分け合う。

「はぁ……ああっ……今回はうまくいったね……すごく、気持ちいい……」

丈治が詩織を見ると、彼女の目の端から涙が伝っていた。

「無理してない？」

「違うの……うれしいの……」

丈治は唇で涙をすくってから、そのまま口づけを交わした。舌で涙と唾液を交換しながら、下半身では快感を交換する。

　動きをとめ、内奥の感触を堪能した丈治は、ゆっくり巨根を抜きはじめた。

「はっ……あああっ……こすれるうっ」

　膣内の襞をエラでかかれる快感に、詩織は唇をはずして叫んだ。

「ああ、エッチな声がとまらない……は、恥ずかしいよ、山本」

　自分の部屋でしたときのように、声を気にする必要はない。丈治は、もっと声をあげさせるべく、あえて腰をグラインドさせて蜜肉に快感を送りこんだ。

「ひうっ。い、いじわるっ……声がとまらないっ、あっ、あんっ」

　そして、抜きかけたペニスをまた奥へあてる。深く突いて浅く抜くを丈治はくり返した。いままで体を重ねた女性たちから、反応を見て愛撫や抜き差しを変えるのが快感につながると学んでいた。

「もっと、もっとちょうだいっ」

　こらきれなくなった詩織が、丈治に懇願してきた。

「俺も、もっと津島がほしかったんだ」

　そう言って、本能のアクセルを踏みこむ。丈治はピストンの振幅をあげていった。

　抜くときに膣内からはたっぷり蜜汁をかき出し、挿入するときには、とば口の肉を巻きこみながら内奥を突いていく。

「あふっ、あっ、あんっ……いいっ、いいっ……！」

詩織の肩が律動に合わせて揺れていた。相貌を赤らめ、朱に染まった唇は唾液で濡れていた。

丈治はあいている右手を詩織の左ひざ裏にまわして体位を変えた。

「んんっ？　な、なに、これっ……」

詩織の右足は伸ばしたまま、左足をかかえるようにして結合する。

松葉崩しという体位だ。昨日、涼子先輩から教わった体位だ。正常位とは違う場所にあたるのと、あまりしない体位なので、羞恥心から感じやすくなるらしい。

事実、詩織の喘ぎ声が変わっていた。

「あひっ、ひっ、変っ。奥にあたって……ひっひいいい！」

悲鳴のような泣き声に変わっている。濡れは激しくなり、シーツの上に灰色の染みがひろがっていた。

その声と蜜肉の動きが淫欲をそそり、丈治の動きもタフなものになっていく。

「あふうっ……中がいい……いいのっ。奥がとろとろなのっ」

詩織があられもない言葉を放つ。理性が本能に覆われていくにつれ、内奥の締まりもきつくなっていた。
丈治は額から汗をしたたらせながら、締まりにあらがい、抜き差しをつづける。
「こっちもすごくいい……気持ちいいよ、津島」
丈治はそうささやいたが、詩織にはとどいていないようだった。
極太の快感にとらわれ、しきりに喘いでいる。
結合部のぬめりが強くなり、ピストンもなめらかになる。
「ほうっ、あんっ、奥に太いのがいっぱいきてるのっ。ズンズンきてるっ」
長大なペニスのもたらす歓びに、詩織は腰をくねらせながら卑猥な言葉を放った。
ふだん、そんなことを言わなさそうな詩織が言うだけで、丈治は興奮してしまう。
もっと狂わせたくなり、抜き差しのピッチをあげた。
パンパンパン！
湿った破裂音が連続する。
「ひいっ……は、激しいのっ、ひゃうっ、イ、イクイク……！」
詩織の白い顎が天を向いた。全身が痙攣し、さくらんぼ色の乳頭が振動する。
震えは細い体の外側だけでなく内部にも走っていた。
引き締まった背すじの作用で体が大きく弓なりになる。

「締めすぎだよ、津島、もう、こっちももたないっ」

丈治は膣肉の締めつけに耐えかね、そう叫ぶ。

「イッて、山本、きて……あっ、あああんっ、私、イクっ」

ブッブッシュウウウッ！

結合部から派手に潮が噴き出て、丈治の顔を濡らした。それとともに、内奥がギュンと締まり、四方からペニスを圧搾してくる。

峻烈な蜜肉の責めに、がまんにがまんを重ねた肉棒は陥落し――。

ビュル、ビュルルルッ！

音をたてて鈴口から愛の昂りを解き放った。

「おっ、おおおおっ、出るっ、いっぱい出るぞ！」

丈治は詩織の中にすべてをそそぎこんだ。

「あふっ……きてる、山本の熱いのがぁ、ああんっ、またイクっ」

ほとばしりを膣内で浴びるたびに、汗まみれの細い肩が跳ねる。

「熱いので、イ、イクぅぅっ」

弓なりになったまま、詩織がとまった。

快感の余韻に浸る詩織を、丈治は抱きしめた。ふたりの指はまだきつくからみ合ったままだ。愉悦の汗で、合わせた手のひらと手のひらの間には汗がたまっていた。

「津島、すごく気持ちよかった……」

丈治が荒い息のまま、詩織にささやきかける。耳たぶに息を浴びただけで、詩織の体がヒクンと震えた。

「まだ、おなかがすごく熱い……すごかったよ、山本……」

詩織がとろんとした目で丈治を見る。

色気のある視線を送られて、果てたはずの肉棒が息を吹き返す。硬さのとれていた剛直が、また詩織の中で反り返りはじめた。

「きゃっ、や、山本、疲れてないの？」

旅行と連日の行為で体はへとへとだった。しかし、本当にしたい相手としている快感、そしてその人が腕の中にいる歓びが疲れた体に力を送っていた。

「二年、ずっと津島のことを考えていたんだ……今夜は二年分させてよ」

丈治は微笑みながら、鼻の頭をすり合わせた。

「二年分もしたら、死んじゃう」

そう言って、詩織は笑ったが——そのまま唇をよせて、舌を入れてきた。

上でも下でもふたりはつながったままだ。上と下の結合部両方からクチュクチュと音をさせながら、互いの敏感な部分を探り合う。

「したかった体位でいっぱいするから……次はなにがいい。なんだってしてやるよ」

詩織が顔を真っ赤にする。そんなこと、さすがに考えたことはないらしい。

恥じらう姿がかわいくて、どうしたらもっと詩織をとまどわせられるか丈治は考えていた。

(だったら、あれだ……)

丈治は詩織を抱きよせ、上半身を持ちあげた。

「ああんっ!?」

体位が変わり、ペニスが急所にあたったのか、詩織が甘い声を放つ。

グチュと音がして、詩織の薄い繊毛のあたりから白濁液が漏れ出てきた。ふたりの間に、獣っぽい匂いがひろがる。

「いやらしい匂いがする。男の精液をたっぷりあそこで飲みこんでいるから」

それをそそいだ自分を棚にあげ、詩織の羞恥心を刺激するようなことをささやく。

「だって……山本がいっぱいほしかったんだもん……」

そう言った詩織の顔は本当に首から上が真っ赤で、かわいらしいことこのうえない。

「いまので二年分は出てないからさ……今日はいっぱい出すよ」

丈治はそのまま腰をグラインドさせた。

「ひっ？　おなかの奥が、またかきまぜられてっ……ああんっ」

膣の中で円を描くようにペニスを動かしてから、今度は上下動に変える。

ジュブッ、ブッ……。

結合部から水たまりを走るときのような音がする。ふたりの愛欲液がまじり合ったものがかき出され、丈治の腰を濡らしていった。

（これで、もっと津島は感じるはずだ……）

丈治はジリジリとベッドのへりのほうへ動いていた。膣内でペニスが動くたびに、快感に震える詩織は丈治に抱きついてくる。

ベッドから足をおろし、カーペットの上に足の裏を置く。

丈治は腰と太ももに力をこめて、立ちあがった。

「ひゃっ……あああんっ、な、なに、これっ」

太ももをかかえられ、尻を宙に浮かせるような体位となった詩織は、目を白黒させていた。最初は慌てていたが、すぐに様子が変わってくる。

亀頭が自重でさがってきた子宮口を抉るのだ。

「ああんっ、すごい……あひっ、ひうっ」

悲鳴めいた声が、詩織の喉奥から漏れ出た。

「痛い？　大丈夫？」

丈治が声をかけると、詩織が顔をふった。

「は、はぁんっ……き、気持ちよすぎて、おかしくなっちゃいそう」

目じりがさがっていた。

「津島が大丈夫なら、思いっきり動くよ」

丈治は立ったまま、腰を前後させる。抜きさしのたびに、パンッパチュッと湿った音を腰と尻が放った。ふたりの足下には、白濁液の斑点ができていく。

「はぁうっ、あうっ、いいっ、奥が燃えそう。熱くて変になるっ」

灼熱の棒で突かれつづけた詩織が、瞳を潤ませて喘いだ。

興奮と快感を覚えるほど、とけた蠟のように濃厚な愛液が結合部から垂れてくる。

部屋には、丈治と詩織の淫猥な匂いが充満していた。

「ああ、津島……尻をふられると、こっちも変になるっ」

内奥のうねりはいままでの比ではなかった。一度射精して落ち着いたはずのペニスが、また欲望をそそぎたいと望んでいる。その証拠に、陰嚢もきゅっとあがっていた。

（でも、まだだ……もっと、突きまくりたい……）

丈治は汗まみれの体にむち打ち、上下動をくり出した。

バスッ、グチュッ、バフッと淫猥な破裂音を放ちながら、詩織の白臀が丈治の腰にあたる。それとともに、丈治の太ももに愛液や精液の飛沫が降りかかった。

「あんあんっ、とろけるっ。奥がとけちゃうっ」

詩織が顔を左右にふって身もだえた。肢体もそれとともに左右に揺れ、女壺がきつく丈治をくるんでくる。

「いい、いいの、またイッちゃいそうっ」

「いいぞ、この体位でイクところ見せてくれよ……」

丈治はそう言って、詩織の唇を奪う。

腰だけで支えているのがきつくなった丈治は、詩織の背を壁に押しつけた。そして、そのままピストンの勢いを増していく。

「むうっ……あふっ……深いのっ、イクイクっ、も、もうダメぇ！」

子宮口を亀頭で連打され、しかも自重で結合が深くなっていたので、詩織の感度は先ほどの体位の比ではないようだ。あふれる愛液の量と声の大きさから、いかに感じているかがわかる。丈治は子宮口に切っ先をあてながら細かいピストンをくり出した。

「そんなにそこを突かれたら、もうっ……ダメぇっ」

詩織が丈治の首を強く抱いて、尻をきゅっと締めた。

左右から肉で圧搾され、肉棒が音をあげそうになるが、丈治は奥歯をかんでこらえる。しかし、詩織はこらえがきかなかったらしく――。

「また、イク……イクううっ」

ブシュウッ！

音をたてて、愛液が噴き出した。

降りそそいだ蜜汁が丈治の足下を濡らし、あたりに淫猥な匂いがたちこめる。

詩織の腕から力が抜けていた。このままでは床に落ちる。丈治は詩織をまたベッドに横たえ、今度は己が達するためにラッシュをかける。

「ひ？　いまイッたばかりなのに、あんあんあんあん……そんなに強くされたらっ、ま、またイッちゃうっ」

正常位で丈治のラッシュを受けとめながら、詩織が肢体をくねらせた。

達したばかりの媚肉のやわらかさと締まりは甘美で、丈治は詩織の顔にキスの雨を降らせながら腰を動かしつづける。

「すごい締まりだ……津島となら、ひと晩中していたい……」

丈治は細い腰を抱きしめ、さかんに腰を上下させる。

いままでの丈治なら、自分の快感しか頭になかっただろうが、いまは違う。自分が達するのなら、詩織もいっしょに快感を覚えてほしいと切に願っていた。

連続して達し、火照りきった詩織の女芯に親指をそっと押しつける。

「ああっ、そこ、ダメ……ダメダメダメメっ。頭がしびれちゃうっ」

詩織が絶叫した。性感の高まりとともに、蜜肉も精液を求めて強烈な締めつけをはじめる。

「もう、ダメだ……津島、出るっ。出すぞ！」

丈治はそう告げて、ズンズンッと二度強く肉棒で突いた。

「あ、頭が白く……い、イクうううっ」

詩織の柔肉に向けて、丈治はドクドクッと白濁液を放出させた。

ふたりは体を重ねたまま、肩で息をしていた。

ベッドの上に投げ出された詩織の手に、丈治が手を重ねると——詩織がその手を握り返してきた。それからふたりは、そのまま何度も愛を交わした。

4

「これが、その『幸福切符』？」

一夜明けて、トーストをかじりながら詩織が聞いてきた。手には例の「幸福切符」を持っている。

丈治の向かいに座る詩織は、ホテル備えつけのバスローブ姿だ。

ひと眠りしたふたりはシャワーを浴びて、部屋でモーニングセットを食べていた。

「昨日話した、阿久津がくれたんだ。昔、恋愛の名所ってことで流行った駅らしいよ。いまは廃線になって駅は使われてないんだけど、切符だけは売ってるんだって」

「それをお守りがわりにくれるなんて、いい友達だね。この切符もらって、いいことあった？」

「もちろん。目の前にいるだろ、その効験が」

丈治がコーヒーを飲むと、詩織が疑いの目で見ている。

「昨日の山本、やたら女慣れしてたから、これの効験もあったりして、なんて思ってるんだけど」

勘が鋭い。いや、合コンで連戦連敗の男が、女慣れしているとわかれば疑われても当然かもしれない。

「それは長い話になるから、今度ゆっくり……」

丈治は視線をはずしてコーヒーを飲みほす。

「よっぽどいい思いできたんだ。だったら私がこれ持って次はひとり旅しようかな」

「そ、それはダメだ！」

丈治が勢いこんで言ったので、詩織がニヤッと笑う。

「やっぱり。自分だけいい思いしようってずるいんじゃない」

「……だったら、ふたりで行こうよ。その切符を持って、北海道にある幸福駅に」

詩織がにっこり微笑んだ。

「そうだね。次の青春18きっぷの時期に、ふたりで行こうか」

「だったら、冬か……冬の北海道は大変そうだな」

「でも、その切符があれば、なんとかなるんじゃない？」

次の青春18きっぷの時期に詩織とふたり旅に出るのもいいかもしれない。

旅費をバイトで稼ごう。詩織と泊まるなら、それなりのホテルがいい。

どんなに詩織が声を出しても大丈夫な――。

ほどよく眠り、食事もしたところで、丈治の体力は回復していた。

「……山本、なに考えてるの」

詩織の薄茶色の瞳が丈治の顔に据えられ——それから視線が下に動く。

丈治の巨肉が、バスローブの裾からつくしのように顔を出していた。

「次の旅のこと」

丈治は立ちあがると詩織のほうへと歩いていった。

「旅行って、電車の旅でしょ……それでそこがどうしてそうなるの」

詩織を抱きしめ、汗とボディーソープの匂いを胸いっぱいに吸いこむ。

「今度の旅の、夜の予行練習……いまからしておこうよ」

「もう、仕方がないな、私の彼氏は」

そう言って微笑みを浮かべる詩織を、丈治はやさしくベッドに押し倒した。

◎本作品の内容はフィクションであり、登場する個人名や団体名は実在のものとは一切関係ありません。